AF130106

Leah Cim

SOFTSPANKING

Zwölf Geschichten über geheime Träume

Bibliografische Information der Deutschen Nationalbibliothek:
Die Deutsche Nationalbibliothek verzeichnet diese Publikation
in der Deutschen Nationalbibliografie; detaillierte bibliografische
Daten sind im Internet unter http://dnb.dnb.de abrufbar.

Verlag: BoD · Books on Demand GmbH, Überseering 33,
22297 Hamburg, bod@bod.de
Druck: Libri Plureos GmbH, Friedensallee 273,
22763 Hamburg
© 2019 Leah Cim
ISBN: 978-3-7386-0174-9

Inhaltsverzeichnis

Regeln

Spanking darf nur in völligem gegenseitigen Einverständnis erfolgen. Es ist zu empfehlen, dass die Frau nicht aus einer Art Pflichtbewusstsein zustimmt, sondern ein Mindestmaß an Vergnügen dabei empfindet, den Hintern versohlt zu bekommen. Ist sie sich dessen nicht sicher, sagt sie besser Nein, sonst dient es weder ihrer noch des Mannes Befriedigung. Das Nein gilt, der Mann darf nie wieder fragen. Überlegt es sich die Frau doch irgendwann anders, muss sie aktiv werden. Einen Mann, der daran keinen Spaß hat, dürfte es hingegen nicht geben. Die beschriebenen Regeln sollen – das sei nicht verhehlt – dazu beitragen, einfaches Spanking der Frau nahezubringen, indem sie genau informiert wird, was auf sie zukommt.

Sie haben nichts mit Sado-Maso zu tun. Auch Herr-Sklavin–Spiele oder Bestrafung für eigens ausgedachte Vergehen o. Ä. finden dort keinen Platz. Es geht ausschließlich um den Genuss, das Klatschen einer Männerhand auf dem eigenen Allerwertesten zu vernehmen und die sich ausbreitende wohlige Wärme zu spüren, bis sie das Lustzentrum erreicht und im Idealfall zu einem Orgasmus führt, ohne dass der Kitzler zusätzlich stimuliert wird.

Allgemeine Regeln

Die Anleitung ist hauptsächlich für ‚Mann (im Folgenden Spanker…) versohlt Frau (…Delinquentin genannt) den Hintern‘ gedacht, aber sie lässt der Frau die Möglichkeit, sich zu revanchieren. Dazu weiter unten. Die einzelne Spanking-Aktion wird im Folgenden Prozedur, die gesamte Dauer des Zusammenseins Sitzung genannt.

Als Mittel ist ausschließlich die flache Hand, äußerstenfalls einen Fliegenklatsche zugelassen. Dadurch kann es zu keinen Verletzungen und auch keinen Striemen kommen.

Der Po darf warm werden und eine rosige Farbe annehmen, aber – außer auf ausdrücklichen Wunsch der Delinquentin – keine dunkelrote. Auch muss sich ihr Empfinden auf starkes Kribbeln beschränken, der Po darf – mit derselben Ausnahme – keinesfalls brennen. Hier ist der Spanker gefordert, äußerst gefühlvoll vorzugehen.

Ohne Ausnahme muss gewährleistet sein, dass sich die Delinquentin nach Abschluss der Prozedur ohne Probleme hinsetzen kann.

Variante A I: ‚Übers Knie gelegt'

Bei dieser Variante wird davon ausgegangen, dass die Delinquentin quer über dem Schoß (nicht dem Knie) des Spankers liegt und ihr Hinterteil entblößt ist. Ob sie ganz nackt ist oder nur T-Shirt oder Bluse hoch- und die Hosen bis zur Kniekehle hinunter geschoben hat, bleibt freigestellt. Die Regeln im Einzelnen.

Sie legt sich so herum, dass sich ihr Po der geschickteren Hand des Spankers entgegenstreckt.

Vor allem der Spanker hat darauf zu achten, dass die Delinquentin so bequem liegt, dass keine Muskeln äußerlich angespannt sind. Sie muss sich voll und ganz auf die bevorstehende Prozedur konzentrieren können.

Grundsätzlich ist zu klären, ob es zu einer vorher besprochenen Anzahl von Schlägen kommt oder ob sie der Spanker auf Grund eigenen Urteils während der Prozedur bestimmt. Klassisch geeignet für vorheriges Festlegen ist das ‚Geburtstags-Klatschen', bei dem die Delinquentin so viele Schläge erhält, wie sie an diesem Tag Lebensjahre vollendet.

Alle Schläge dürfen ausschließlich die Pobacken treffen. Schläge auf die Spalte sind nur zulässig, wenn die Delinquentin ausdrücklich erklärt, dass ihr dadurch eine größere Chance auf einen Orgasmus erwächst. Schläge auf jegliche andere Körperteile – vor allem Ohrfeigen ins Gesicht – sind ausnahmslos verboten und führen zum sofortigen Abbruch der Sitzung.

Generell darf die Delinquentin Anweisungen geben, wenn bestimmte Bereiche ihres Pos sensibler reagieren als andere. Das Erreichen ihres Orgasmus ist das oberste Ziel.

Die festen Schläge, im Folgenden klatschende genannt, haben immer im Wechsel auf beide Pobacken zu erfolgen. Ist keine feste Anzahl ausgemacht, ist ratsam, nach maximal vieren davon einige Tätscheleinheiten – am Besten im Dreierpack – zwischenzuschieben, Längsschläge von oben oder unten zu erteilen oder die Rundungen nur sanft zu streicheln oder zu kneten. Das schmeichelt der Hand des Spankers und die Backen erhalten eine Erholungspause, sodass die Prozedur fast beliebig ausgedehnt werden kann, ohne dass die Delinquentin überbeansprucht wird.

Bei festgelegter Anzahl ist ratsam, die Prozedur ohne größere Unterbrechung unter Anwendung klatschender Schläge durchzuziehen, außer die Delinquentin verlangt nach einer solchen. Ob ein Trommelfeuer erfolgt oder vor jedem Schlag eine Spannungspause eingelegt wird, muss vorher abgesprochen werden.

Einen besonders gelungenen klatschenden Schlag darf die Delinquentin loben.

Rosa Fingerabdrücke auf weißer Haut sind das Äußerste, was das Ergebnis eines Schlags sein darf. Nur wenn die Delinquentin „stärker" oder „härter" sagt, darf der Spanker deutlich fester zuschlagen. Dann darf der Po auch dunkelrot und heiß werden. Sollte die Delinquentin aber beginnen, Schmerzensschreie auszustoßen oder zu weinen, ist – entgegen der Anweisung – davon sofort abzulassen, am Besten die Prozedur zu beenden.

Sagt die Delinquentin „stop" oder „halt", ist die Prozedur ebenfalls sofort zu beenden.

Ist beides nicht der Fall, hat der Spanker die Prozedur zu beenden, wenn der Po gleichmäßig rosa und warm ist, außer die Delinquentin sagt „mehr" oder „weiter". Dann muss sie allerdings irgend wann „halt" sagen, sonst hat der Spanker keinen Anhaltspunkt mehr, wann er aufhören soll.

Um besser ‚spüren' zu können, was geschieht, sollte sich auch der Spanker im Schoßbereich entblößen und ein großes Handtuch unter sich legen, denn letztlich ist das Ziel des Spankings Flüssigkeitsbildung, indem die Delinquentin oder der Spanker einen Orgasmus bekommt oder beide einen genießen. Steht der Penis des Spankers bereits zu Beginn der Prozedur und schiebt er ihn zwischen die Schenkel der Delinquentin, ist ein früher Erguss unausweichlich. Das berechtigt den Spanker aber nicht, die Prozedur abzubrechen. Er muss mit gleichbleibender Kraft weiter machen. Unter Umständen erregt die klebrige Flüssigkeit zwischen ihren Beinen die Delinquentin so, dass ihr Orgasmus unmittelbar danach folgt. Darauf sollte sich der Spanker aber nicht verlassen

Ereilt er sie, spürt der Spanker vielleicht die feuchte Vagina der Delinquentin oder sie stöhnt so lustvoll, dass es keines weiteren Beweises bedarf. Dann sollte er die Prozedur ausklingen lassen, denn (zur Erinnerung) ihr Ziel ist erreicht. Vergessen wir nicht, dass das Spanking vor allem dem Vergnügen der Delinquentin dienen soll. Täuscht sie einen Orgasmus nur vor, tut sie sich keinen Gefallen – sie hätte dann besser „halt" gerufen.

Ein (!) kräftiger Abschlussklaps ist erlaubt, bevor die Delinquentin ihrer Rolle ledig ist und aufstehen darf.

Variante A II: Anwesenheit einer zweiten Frau

Für einen heterosexuellen Mann ist die Gegenwart eines zweiten undenkbar. Eine zweite Frau zur Zuschauerin zu haben kann hingegen seinen Reiz haben. Voraussetzung ist selbstverständlich, dass die Delinquentin nichts dagegen hat. Im Idealfall hat sie ihre ,Gespielin' selbst mitgebracht. Grundsätzlich unterscheidet sich diese Variante nicht von A I, nur werden zusätzliche Möglichkeiten ins Spiel gebracht.

Die zweite Frau schaut nur zu. Allenfalls lobt auch sie einen besonders gelungenen klatschenden Schlag. Unter Umständen streichelt sie sich während der Prozedur selbst bis zum Orgasmus, was mit Sicherheit den Spanker zusätzlich erregt. Das geht am Besten, wenn sie sich so setzt, dass er ihr zwischen die Beine schauen kann. Ein kurzer Rock ist hilfreich, ein Höschen darf ruhig sein. Nach Abschluss der Prozedur kann geprüft werden, ob es feucht ist. Das führt vorzugsweise die vorherige Delinquentin durch. Dabei zuzusehen ist für den Mann auf weitere Art erregend.

Die zweite Frau übernimmt die Rolle der Spankerin – natürlich nach denselben Regeln – und der Mann schaut nur zu. So kann er das Gesicht der Delinquentin beobachten, was in der Rolle des Spankers nicht möglich ist. Verzieht sie zunächst keine Miene oder plaudert unter dem Klatschen der Schläge sogar mit dem Mann in ganz normalem Ton, als säßen sie in einem Café, wäre es erstaunlich, wenn ihn nicht während der Prozedur ein Orgasmus überkäme. Irgend wann sollte die Delinquentin allerdings ihrer eigenen Wolllust Vorrang vor dem Spiel gewähren.

Der Mann kann beide zu Delinquentinnen machen. Dann sollte sich die Gesamtdauer beider Prozeduren nicht länger hinziehen als eine bei nur einer, sonst wird es langweilig. Da eignet sich am Besten die Methode mit festgelegter Anzahl für beide wie oben beschrieben: Zügig die Sache mit klatschenden Schlägen abwickeln.

Interludium oder: Revanche

Bevor Variante B erläutert wird, die sich grundlegend von A unterscheidet, soll vorher die im ersten Absatz des Kapitels ‚Allgemeine Regeln' angedeutete Revanche-möglichkeit beschrieben werden.

Eigentlich ist es keine Möglichkeit, sondern zwingend, denn im Zuge der Gleichberechtigung hat die Frau das Recht, Revanche zu verlangen und der Mann kein Ein-spruchsrecht. Damit werden die Rollen vertauscht, wobei sich natürlich die Spankerin an dieselben Regeln zu halten hat wie vorher der Spanker. Sie kann das Recht sofort einfordern oder einverstanden sein, dass es auf eine spätere Sitzung verschoben wird. Sie kann auf das Recht auch verzichten.

Tut sie es nicht, sollte sie bei Ausübung darauf achten, dass der Delinquent nicht zu schnell kommt, sonst hat ihr Spaß ein baldiges Ende. Es ist egal, ob er seinen Penis zwischen ihre Schenkel oder zwischen sich und ihre Schenkeloberseite steckt: Es kann bereits nach dem dritten Schlag soweit sein. Sollte das geschehen, darf die Regel in dieser Konstellation leicht abgewandelt werden: Die Spankerin haut noch eine Weile weiter zu, obwohl sie längst die klebrige Flüssigkeit bemerkt hat, wenn sie einen eigenen Orgasmus kommen spürt.

Bei Anwesenheit einer zweiten Frau gibt es die Möglich-keit, dass sie selber nicht schlägt. Dann braucht sie sich auch nicht züchtigen zu lassen oder nur, wenn sie es möchte. Tut sie das aber bei der Delinquentin und lehnt ab, sich selber vermöbeln zu lassen, hat es mit dem Span-king Frau zu Frau sein Bewenden – ein Revancherecht gegenüber dem Mann gibt es nicht, denn die Ursache ist nicht gegeben.

Sind alle drei bereit, Delinquentin oder Delinquent zu sein – zwei dürfen das ohnehin nicht ablehnen – und es zu einem Reihum-Spanking kommen soll, ist empfehlens-wert, das auf drei Sitzungen zu verteilen, denn wirklich genussvoll kann man sich nur einer Aktion auf einmal widmen. Beim ‚Geburtstags-Klatschen' ist es von vornherein das Sinnvollste, das Spanking an den jeweiligen Geburtstagen durchzuführen.

Bisher war von ‚richtigem' Sex nicht die Rede, sondern lediglich von Orgasmen als ‚Abfallprodukt' extremer Erregung. Dazu ist es nicht nötig, ein Liebespaar zu sein. Ist das der Fall, die Beteiligten sind Singles oder unter den beschriebenen Umständen der Meinung, dass es intimer sowieso nicht mehr geht, kann die vormalige Delinquentin oder eine von ihnen dem Mann den Gefallen tun, sich ihm nach der Spankingprozedur gebückt zu präsentieren. Falls er bisher unerwarteterweise keinen Orgasmus gehabt haben sollte, wird spätestens jetzt der Fall eintreten. Falls ja oder sogar mehrere, gibt es kein sichereres Mittel, eine weitere Erektion zu provozieren, als ihm noch wunderschön warme und rosige Pobacken darzubieten. Auch deren vier zur vergnüglichen Auswahl.

Die Abschluss-Penetration bleibt freigestellt. Auf keinen Fall wird dabei mehr geschlagen.

Variante B I: Über Tisch oder Sessellehne gebückt

Bei dieser Variante bleibt das Gesäß der Delinquentin bekleidet. Ob sie den Oberkörper entblößt, um den Spanker besser zu stimulieren, darf er bestimmen. Vermutlich wird er sich dafür oder dagegen an Hand der Ausprägung der Brüste orientieren, obwohl er deren Bewegungen während der Prozedur nicht besonders gut sehen kann.

Am Besten eignen sich Leder- oder Kunstlederröcke oder -hosen, Jeans, Jeansröcke oder neuerdings Leggins. Eng anliegende Textilien sind aus selbsterklärenden Gründen Pflicht. Spätestens beim Bücken müssen alle straff den Po umspannen. Bei Jeans ist das Auftreffgeräusch einer Hand eher ein Knallen als ein Klatschen. Dennoch wird ausschließlich dieser Begriff weiter verwendet.

Die Delinquentin bückt sich über ein Möbelstück in passender Höhe – daher der Begriff ‚vermöbeln'. Nun gibt es eine beschränkte Anzahl Methoden. Da streicheln, kneten oder tätscheln über dem Stoff kaum von Wirkung sind, lässt der Spanker seine Hände auf das dargebotene Gesäß klatschen, bis er es als genug erachtet. Da der Delinquentinnenpo besser als bei Variante A geschützt ist, darf es ruhig recht fest sein. Dennoch muss der Spanker auf Reaktionen der Delinquentin achten – auch hier muss er bei Anzeichen von Schmerzen oder Tränen sofort abbrechen. Ebenso hat die Delinquentin das Recht auf ein sofortiges Ende der Prozedur, indem sie „halt" ruft. Ein Orgasmus ist bei dieser Variante nur bei einer extrem spankingaffinen Frau zu erwarten.

Der Nachteil der Variante besteht darin, dass der Spanker beide Hände benutzen sollte, um die Schläge auf beide Backen zu platzieren, auch die ‚falsche'. Deren tun vielleicht nur weh, ohne zu klatschen. Das schmälert das Spankingvergnügen deutlich.

Variante B II: Frei gebückt

Die Variante unterscheidet sich kaum von B I, nur dass sich die Delinquentin frei stehend bückt. Der Spanker stellt sich neben sie, sein Gesicht in Richtung ihrer Rückseite, und zwar so, dass sie auf seiner ungeschickten Seite verharrt. Mit dem Arm dieser Seite umfasst er ihren Oberkörper und drückt sie damit so an sich, dass sie fest steht. Nun hat er die geschickte Hand frei, um von schräg oben symmetrisch beide Backen ihres Pos kräftig bedienen zu können. Alles Weitere wie Variante B I.

Wie bei Variante A kann auch bei B eine zweite Frau anwesend sein. Es gelten dieselben Regeln, auch bezüglich der Revanche. Da B viel schneller abzuwickeln ist als A, kann ein Reihum-Spanking innerhalb derselben Sitzung problemlos durchgezogen werden. Ob es danach zu Sex kommt, hängt von den Beziehungen ab und ist freigestellt.

Eine zusätzliche Variante ergibt sich bei Anwesenheit einer zweiten Frau, aber nur, wenn sie bedingungslos zu Sex bereit ist: Sie kann dem Spanker nämlich einen Orgasmus verschaffen, während er seiner Aktivität nachgeht. Gleichzeitig der einen Frau den Hintern vollzuhauen und von einer anderen beglückt zu werden ist für einen Mann der zweithöchste Gipfel des Glücks. Ist die zweite zudem zur Fellatio bereit, ist der höchste endgültig erreicht. Dann werden ihn die Frauen anflehen müssen, sie endlich wieder einmal übers Knie zu legen.

Variante C: Stehend

Diese Variante macht nur bei Anwesenheit von zwei Frauen Sinn und wenn mit einer eine Sexbeziehung besteht. Einem Mann bereitet es nämlich größtes Vergnügen, seiner Liebsten ins Gesicht und vor allem in die Augen zu schauen, wenn sie einen Orgasmus durchlebt. Das geht kaum anders als im ‚Handbetrieb' und hat auch nichts direkt mit Spanking zu tun. Die Spankingkomponente ist lediglich eine Erweiterung des Spektrums. Dabei muss die zweite Frau, also die, zu der der Mann keine Beziehung hat, dessen Gespielin den Po versohlen, während die Delinquentin steht. Vermutlich muss sie sich dabei selbst stimulieren, damit sie ins Stöhnen kommt. Je nach Spankingaffinität vielleicht auch nicht, sonst könnte sie nachhelfen, indem sie ihre untere Hälfte entblößt und der Spankerin darbietet. Ist sie vollständig nackt, kann auch der Zuschauer sie unterstützen, indem er während der Züchtigung ihre Brüste sanft knetet. Die Regeln zur Kraftanwendung gelten auch bei dieser Variante, aber das – verglichen mit dem Schlagen auf ein Kleidungsstück – lautere Klatschen könnte sowohl die Delinquentin als auch ihren Liebhaber so erregen, dass beide ohne weitere Stimulierung kommen.

Schluss

Dazu gibt es nicht viel zu sagen, er hängt wie bereits ein paar Mal geschrieben von den jeweiligen Beziehungen ab. Haben sich nur Interessierte zu einer Spanking-Party getroffen, können sie zusammen noch einen Schluck trinken, bevor sie sich trennen und eventuell zur nächsten verabreden, die aber nicht in zu naher Zukunft liegen soll – allzuviel ist hier wie überall ungesund und wird auch schnell langweilig.

Handelt es sich um ein Paar, sollte es einige Zärtlichkeiten austauschen – aber auf keinen Fall wieder Schläge – und sich je nach Tageszeit ihren üblichen Tätigkeiten widmen, zusammen aus oder schlafen gehen. Auch ein Paar sollte Spanking nicht zu oft betreiben. Ob es einen festen Fahrplan erstellt oder die Sache eher spontan angeht, entspricht individueller Neigung. Ein letzter Rat: Nicht öfter als einmal die Woche, besser seltener. Je seltener, desto übermächtiger wird der Drang auf ein ‚nächstes Mal'. Ob es dann zu Punishment-Spanking, Domestic Discipline-Spanking oder weiteren härteren Bereichen übergeht, ist nicht mehr Inhalt dieser kleinen Anleitung.

Linda in Fahrt

Linda ist die Dorfschönheit. Nie im Leben wäre ich auf den Gedanken gekommen, dass sie an mir älterem Herrn etwas Anziehendes findet. Zu meiner Verblüffung pflanzte sie sich während des Handwerkervespers trotz der brettharten Sitzgelegenheiten plötzlich neben mich. „Noch frei?"

„Natürlich." Ich musste mich anstrengen, nicht zu stottern; deshalb hielt ich es für angezeigt, vorerst nicht allzuviel zu sagen. Zu meiner angenehmen Überraschung erwies sich Linda nicht als Vegetarierin, sondern zerfleischte lustvoll ihre bestellte Schweinshaxe. Dazu war sie sich nicht zu vornehm, eine Halbe zur Spülung ihre Kehle hinunterzuschütten.

„Hast du keine Angst um deine Figur?" Bei einem Dorffest redet man sich nicht mit Sie an, auch wenn man sich nicht näher kennt.

„Ach, wenn ich wochenlang moderat esse und dann einmal bei einer Gelegenheit wie dieser zuschlage, macht das überhaupt nichts. Du wirst sehen."

Du wirst sehen? Immer wieder holte sie beim Verzehr ihrer Haxe weit genug aus, um mich in die Seite zu stoßen. Dann fiel ihre Serviette herunter und sie stützte sich auf meinem Oberschenkel ab, um sie vom Grasboden aufzulesen. Dann sah sie an sich hinunter. „Blöd! Jedesmal bei fettem Essen klecker' ich mich voll." Ich tat es ihr gleich; wie ich zugeben muss, etwas tiefer als bis zu der Stelle, die der Fleck zierte. Ihr knackenger, schwarzer Latexrock gab im Sitzen die volle Beinlänge seiner Besitzerin preis. Hatte sie nicht ein rosa Höschen an?

„Is' was?"

„Ich hab' nur geguckt, ob dein toller Rock nicht auch 'was abgekriegt hat. Um den wär' es schade. Ist aber nichts passiert." Zu meiner Freude hatte ich plötzlich keine Mühe, flüssig zu sprechen.

Während sie halbherzig mit einer Serviette und einigen von ihrer Nachbarin erbetenen Tropfen Mineralwasser ihr T-Shirt zu reinigen versuchte, sagte sie: „Das wird wohl nichts. Ich sollte nach dem Essen die Wäsche wechseln. Und was den Rock betrifft, hast du Recht. Man zieht so ein Ding nicht für ein Dorffest an. Ich hab' in meiner Tasche ein anderes T-Shirt. Das ist jetzt vermutlich zerknautscht, aber wenigstens fleckenfrei."

Mich ritt in diesem Augenblick der Teufel. „Ich wohne ums Eck. Wenn du willst, kannst du dich bei mir umziehen."

„Gern", gab sie eine für mich ebenso unerwartete wie atemberaubende Antwort.

„Gut, dann komm!"

Wir standen auf. Vor dem Zelt stand ein Bierzelt für die, denen es bei der Hitze drinnen zu stickig war. „Weißt du was", hielt Linda mich zurück, „so eilig ist's auch wieder nicht. Lass' uns hier noch ein Bier trinken." Allmählich wurde sie mir zu einem Rätsel. Sie schüttete nämlich drei weitere Halbe hinunter, während ich in derselben Zeit nur zwei schaffte.

„Jetzt ist's genug", beschied sie und wandte sich dem Parkplatz zu. Ich kam kaum hinter ihr her, entschuldige das aber mit unserem Altersunterschied. Zielstrebig wandte sie sich einer bestimmten Adresse zu.

„Du weißt, wo ich wohne?"

„Das weiß doch jeder." Da war ich nicht so sicher. Linda musste sich vorher kundig gemacht haben.

Wir traten durch das Gatter. „Du hast doch einen verschwiegenen Garten hinter dem Haus", erklärte sie mehr als dass sie fragte. Allmählich spannte sich bei mir in einer bestimmten Region ein Körperteil. „Ja, sicher. Du willst etwas Verschwiegenes tun?"

„Nicht, was du denkst. Für das, was ich möchte, brauchen wir sogar Schallschutz. Im Augenblick ist es aber so, dass ich mal muss." Kein Wunder, nach zwei Litern Bier. Dann stutzte ich nachträglich. Schallschutz? Was um alles in der Welt…?

„Die Toilette ist im Haus."

„Ich möchte aber hier. Willst du zuschauen? Ah, hier geht's." Linda beugte sich vor, stützte sich mit einer Hand auf die Rückenlehne meiner Ruhebank und schob mit der anderen ihren Rock über die Hüfte, sodass mir freier Blick auf das Gesäß ihres rosa Höschens gewährt war. Als nächstes spreizte sie ihre herrlichen langen Beine. Mir stockte der Atem. „Keine Angst, der Rock kriegt keinen Tropfen ab." Dann plätscherte es auf meinen Rasen, fast Wasser, denn Lindas Blaseninhalt war durch die Flüssig- keitsmenge, die sie während des Fests eingenommen hatte, stark verdünnt. „Hol' dir keinen 'runter", warnte sie, „dann verausgabst du dich und du wirst sehen: Es kommt noch besser."

„Ich muss aber auch mal und mein Ding ist jetzt so steif, dass ich nichts mehr durchkriege."

„Scheiße, da hätte ich eher dran denken sollen. Pass auf: Ich geh' außer Sicht und du beruhigst dich. Wenn du dich erleichtert hast, sagst du Bescheid.

Aber keinen 'runterholen", warnte sie noch einmal.

Ich öffnete Über- und Unterhose, um die Spannung zu verringern, und nach einer qualvollen Weile klappte es tatsächlich. Ich empfand es als passend, Lindas Wasser- stelle auch mit meinem Bier zu bereichern, und holte tief Luft. Linda hörte es und kam hinter dem Gebüsch hervor. „Ich hatte schließlich auch drei", verteidigte ich mich. Linda betrachtete meinen noch nicht wieder ganz erschlafften Kolben interessiert. „Vielversprechend", urteilte sie, „aber eine Weile muss er sich noch gedulden."

„Allzuviel Erfahrung mit Frauen habe ich nicht", versuchte ich sie aus der Reserve zu locken, „aber ich weiß, dass es auch bei euch die tollsten Gelüste gibt. Was du mir gerade vorgeführt hast, habe ich einmal als kleiner Junge erlebt.

Da machte ein gleichaltriges Mädchen auf dem Spielplatz das gleiche wie du eben, durchs Höschen."

„Mir gefiel es schon als Sechsjährige, 'reinzupinkeln. Da wusste ich noch nicht, was ein Orgasmus ist, aber ich empfand es trotzdem als lustvoll. Aber es musste immer dünnflüssig sein, nachdem ich viel getrunken hatte."

„Hat deine Mutter nicht gemerkt, was du da gespielt hast?"

„Sicher, die Spuren sind ja unverkennbar." Linda stand vor mir, öffnete leicht ihre Beine und hob ihren Rock, damit ich den Slip von vorn betrachten konnte. An der entscheidenden Stelle war das Rosa dunkel gefärbt. „Auch wenn es getrocknet ist, sieht man genug."

„Und, was hat sie gesagt – deine Mutter, meine ich?"

„Getan, meinst du. Ich bekam den Hintern voll, bis sie merkte, dass mir das auch Spaß machte." Ein weiterer Hinweis. „Ab diesem Zeitpunkt begnügte sie sich mit einem drohenden Zeigefinger, aber ich musste meine Klamotten selber waschen. Mein Vater hat nie etwas davon erfahren."

„Und nun macht es dir Spaß, dich vor einem Mann zu ergießen?"

Linda grinste. „Das eben war mein erster Versuch. Die Antwort scheint ja zu sein."

„Bekommst du einen Orgasmus?"

„Nein, das ist erst das Vorspiel. Wenn ich weiß, dass sonst nichts weiter passiert, reibe ich an meiner Feuchte und dann juckt's auch. Manchmal trinke ich reichlich Kaffee und gehe unten am Rhein spazieren, wo's fast immer einsam ist. Wenn sich die Blase meldet, schlag' ich mich ins Gebüsch und zieh' das Programm durch. Ich lass' das Höschen nach vollbrachter Tat an und spüle es nicht im Fluss, weil es mich anregt, doppelt nass unten 'rum, nämlich durch Pipi und Muschikleister, wieder nach Hause zu gehen. Häufig klappt's ein zweites Mal. Nasses ins Nasse potenziert das Vergnügen. Für meine Hand hab' ich eine Flasche Wasser dabei.

Nachher sollte aber etwas passieren. Leider gilt es ein wenig länger zu warten, denn ich muss sicher noch ein oder zwei Mal."

Linda führte mir zwei weitere Varianten vor. „Nur mit Rock ist es auch gut, wie früher bei den Bauersfrauen." Sie entledigte sich ihrer durchtränkten Unterwäsche, schmiss sie in die Regentonne, stellte sich breitbeinig hin, beugte sich leicht nach vorn, stabilisierte sich, indem sie ihre Hände auf die Oberschenkel abstützte, und ließ das verarbeitete Bier einfach laufen. Dann verkniff sie es sich, bis es nicht mehr ging. „Damit Druck drauf ist." Für das durch das Einhalten vorbereitete dritte Mal bückte sie sich wieder. Ihr Strahl, diesmal nicht durch Stoff gesiebt, schaffte es bis zum Tomatenbeet.

„Ich krieg' die Weite nicht hin", klagte ich, „an sich hab' ich genug Druck, aber mein blödes Ding ist zu geschwollen, als dass es richtig 'was durchließe."

Linda war wirklich besorgt, dass ich mich vorzeitig leer-spritzen würde. „Lass' ihn ruhig entspannen", redete sie mir zu, „er wird sicher bald richtig zum Stehen kommen. Was ich vorhabe, gefällt jedem Mann. Ich denke, mit der Blase haben wir keinen Ärger mehr. Komm' ins Haus.

Warte, ich mach' mich unten sauber", erkärte sie drin zunächst, „wo ist das Bad?" „Darf ich das erledigen?" „Macht dir das Spaß?" „Klar!" Welchem Mann macht es keinen Spaß, sanft über das Einsatzwerkzeug einer schönen Frau mit angenehm lauwarmem Wasser zu wischen? Linda begann zu stöhnen.

„Geht's los?" „Ja. Aber mach' ruhig weiter. Ich verkrafte ziemlich viele Abgänge am Stück." Die Antwort erfolgte etwas abgehackt.

„Weißt du", sagte ich, als wir in meinem Wohnzimmer standen, „ich bin wirklich kein Adonis, aber ich habe einen Aktivposten: Meine Hände. Lang und feingliedrig und – es muss schon viel passieren, bis die einmal kalt werden. Ich denke, es ist für eine Frau angenehm, damit gestreichelt zu werden."

„Da gibt es sicher einiges zu erproben. Aber lass' uns heute durchziehen, was ich mir vorstelle. Dabei spielen deine Hände auch eine Rolle."

Allmählich kamen wir zur Sache und allmählich bildete sich in mir eine Vorstellung, worauf Linda hinauswollte. Zunächst holte sie aus ihrer Tasche kein Ersatz-T-Shirt, sondern einen weiteren, diesmal gelben Slip und zog ihn sich unter den engen Latexrock. „Und dein T-Shirt?" „Das spielt keine Rolle mehr. Du bist Linkshänder, wenn ich das richtig gesehen habe?" „Äh, ja?!"

„Es geht nur darum, wie ich mich stellen muss." Linda wandte mir ihre rechte Seite zu. „Die Fenster sind zu?" „Ja." Dann streckte sie sich und bot mir herrliche Wölbungen zur Besichtigung. Erst jetzt sah ich, wie eng ihr Rock wirklich war. Sie holte mit ihrer rechten Hand aus und schlug sich mit einem vernehmbaren Knall auf die passende Pobacke. Latex ist ein perfekter Verstärker.

Ganz überrascht war ich nicht und hatte deshalb einen spontanen Kommentar auf den Lippen. „Jetzt ist deine andere Backe eingeschnappt, so missachtet zu werden. Ich mach' das wieder gut." Meine linke Hand knallte ebenso lautstark auf besagtes Gegenstück. Linda zuckte nur ein bisschen nach vorn.

„Das klatscht ja herrlich. Komm, noch zwei."

„Nein."

„Nein? Ich dachte …."

„Hör' mir zu. Würdest du je eine Frau schlagen?"

„Nein, natürlich nicht. Es macht fraglos Spaß, einer Frau hinten drauf zu hauen. Aber nur, wenn sie nichts dagegen hat oder das sogar mag. Und bei dir hatte ich eben das Gefühl, dass du das magst. Du hast es mir ja vorgeführt."

„Okay. Das heißt, wenn ich jetzt nein sage, gibt's nichts mehr?"

„Selbstverständlich nicht."

„Das wollte ich nur wissen. Ich möchte nämlich keinem Sadisten in die Hände fallen. Nun bin ich beruhigt. Es stimmt, jedem Mann macht es Spaß, einem knackigen Po einen oder mehrere drauf zu geben. Mein Nein bedeutete etwas anderes. Nämlich, dass zwei nicht genügen. Weißt du, dass das, was ich um mein Becken herum anhabe, ein Spankingrock ist?"

„Du möchtest...."

„Ich möchte, dass du mir nach allen Regeln der Kunst den Hintern versohlst. Erlaubt ist allerdings nur die flache Hand. Entweder beuge ich mich über die Sessellehne und du legst los oder du legst mich übers Knie oder beides, wie's dir gefällt."

Ich grinste, hob den Zeigefinger, holte ein Badetuch aus einer Schublade und breitete es über die Couch. „Für alle Fälle", begründete ich meine Maßnahme überflüssigerweise. Dann entblößte ich mich unten herum und setzte mich auf das Badetuch. Linda zog ihr T-Shirt über den Kopf und war ihrerseits oben herum ohne Geheimnisse, denn einen BH trug sie nicht. „Linda, mach' das nicht! Ich möchte meinen Saft für später, für dich aufsparen." Linda kicherte – ganz war der Alkohol noch nicht abgebaut – und legte sich richtig herum über meinen Schoß. „Wie du weißt, weiß ich, dass du Linkshänder bist."

„Bist du schön entspannt?"

„Super."

Ich legte meine rechte Hand auf ihren makellosen Rücken und tätschelte ihn ein bisschen. „Drittelmix?"

„Hm?"

„Naja, je zehn auf jede Backe, einmal auf dein Spanking-Kleidungsstück, ebensoviele aufs gelbe Höschen – dafür

23

hast du es angezogen, vermute ich (bestätigendes Kopf-nicken) – und nochmal gleichviel auf den Nackten."

„Ganz so ahnungslos, wie ich dachte, bist du doch nicht."

„Ein bisschen habe ich gelesen und mir auch das eine oder andere Filmchen 'runtergeladen. Geträumt habe ich schon lange davon, aber alles blieb Theorie. Wir scheinen aber dasselbe zu wollen, keine alberne Bestrafungen oder so, also das, was man Punishment-Spanking nennt und unter keinen Umständen harte Gegenstände." Inzwischen hatte ich begonnen, Lindas rückwärtige Rundungen zu kneten und mit einigen Dutzend Klapsen auf das Kommende vorzubereiten. Nach einer Weile schloss ich die Anwärmphase ab. „Bist du auf Betriebstemperatur?"

„Sicher, schon längst. Ich dachte, du hörst nie mit dem Vorspiel auf. Hau' endlich kräftig zu!"

„Zählst du mit?"

„Klar."

Als ich das erste Mal richtig draufdrosch, zuckte Linda leicht, aber alle weiteren Hiebe ließ sie gelassen über sich ergehen. Sie legte ihren Kopf seitlich auf ihre ver-schränkten Arme, sodass ich ihr Gesicht hätte betrachten können, hätte ich mich nicht auf anderes zu konzentrieren gehabt. Die Schläge auf den Latexrock klatschten natur-gemäß am besten. Ab dem dritten begann sie besonders gelungene zu loben. „Fünf. Guter Sound. Weiter so!"

Nach 20 hob sie ihren Unterleib an, damit ich ihr den Rock hochschieben konnte. Das erwies sich als nicht einfach, eng, wie er war. Als ich es geschafft hatte, fieberte Lindas frisches Gelbes meiner Hand entgegen. „Du bist wirklich Linkshänder. Alle Liebkosungen auf die linke Backe sitzen viel besser als auf die rechte."

„Tut mir leid. Wäre ich Rechtshänder, wäre es wohl anders herum."

„Ist schon okay. Ich bin auf die zweite Staffel gespannt."

Ein bisschen Hemmungen hatte ich angesichts des dünnen Schutzes, aber beim dritten Schlag stieß Linda ein forderndes „fester!" hervor. Also ließ ich es genauso kräftig wie vorher aufs Höschen klatschen. Vernahm ich aus Lindas Mund ein wohliges, im Rhythmus meiner Treffer von Kieksern unterbrochenes Schnurren?

Für mich wurde es immer schwieriger. Mein Ständer hatte zwischen Lindas Schenkeln Platz gefunden und es konnte nicht mehr lange dauern, bis das leichte Wippen ihres Unterleibs zu seinem Erguss führen würde. Und jetzt, nach Nummer 40, sollte ich ihr auch noch den Slip in ihre Kniekehlen schieben.

„Hast du Probleme?"

Hatte ich, aber das wollte ich nicht zugeben. Ich hatte geglaubt, dass ich älter wäre. Mit Mühe gelang es mir, Lindas Hintern ohne Havarie freizulegen. Als ich die appetitlich rosaroten Kugeln sah und mit der Hand deren Wärme spürte, wäre es fast geschehen. Als ich auf Lindas Geheiß mit der gleichen Intensität wie bisher loslegte und sah, wie sich auf den dunklen Rundungen meine Finger für wenige Sekunden weiß abzeichneten, bevor der Abdruck verblasste und die Farbe seiner Umgebung annahm, ließ sich mein Schwanz nicht länger bändigen und das Badetuch tat seinen Dienst. Linda bekam es natürlich mit, kicherte trotz der Schmerzen, die sie zweifellos durchströmten, und ermahnte mich: „Mach' schön weiter! Ich krieg' ihn schon wieder hoch."

Plötzlich merkte ich, dass sie zu keuchen und zu stöhnen begann. Sie hörte auf zu zählen und befahl: „Los, Stakkato!" Ich gehorchte und trommelte förmlich auf die dargebotenen Backen, die immer röter und heißer wurden. Linda bäumte sich auf und ihr Stöhnen übertönte meine Schläge. Sie keuchte und atmete heftig, jauchzte und begann mit den Unterschenkeln wie wild Fahrrad zu fahren. Ich setzte meine Arbeit fort, bis ich merkte, dass sie sich allmählich beruhigte, ihr Atem gleichmäßiger ging und ihre Waden auf die Couch zurücksanken. Nun verharrte meine

Hand und begnügte sich damit, die gepeinigte Haut zu kneten und zu tätscheln. Wieviele Schläge ich Linda verabreicht hatte, entzog sich meinem Schätzungsvermögen. „Alles gut?"

Linda atmete genussvoll ein und wieder aus. „Sehr gut."

„Hattest du tatsächlich einen Orgasmus?"

Sie kicherte wieder. „Tatsächlich, das musst du doch gemerkt haben! Das hast du gut gemacht. Ich schaffe das selten. Wenn es nicht klappt, muss ich mich selber bedienen, solange es hinten noch brennt und vorn meine Lust juckt. Dank dir entfällt das heute. Danke.

Tut dir die Hand weh?"

„Ein bisschen."

Linda gluckste nun förmlich. „Schadet dir nichts. Du formst sie genau passend zu meinen Wölbungen. Weißt du, dass es mir wegen des Luftpolsters gar nicht wirklich weh tut, sondern nur kribbelt, wenn einer derart geschickt wie du ist? Zum Schluss spürte ich gar nichts mehr. Es prasselte auf nackte Haut, die jemand anderem gehörte. Nur die wunderbare Wärme….

Lass' mich über deinem klebrigen Schoß noch ein wenig entspannen. Ich möchte das Brennen, da ich es jetzt empfinde, bequem und in Körperkontakt zu dir genießen."

Ihrem Wunsch gab ich gern statt, denn auch für mich war es ein ausgesprochenes Vergnügen, ihre Feuchte quer über meiner zu fühlen und ihre entflammte Kehrseite leuchten zu sehen. Immer wieder streichelte ich sie und massierte an ihr herum, in dieser Phase allerdings ausgesprochen sanft. Meine bisher teilnahmslose Hand hatte mittlerweile eine andere Beschäftigung gefunden. Sie hatte sich unter Lindas rechte Brust geschoben und knetete diese mit Wonne.

„Das geht nur bei Leuten, die in einem eigenen, freistehenden Haus wohnen. Verstehst du, warum ich im Garten von Schallschutz sprach?" Und nach einer geraumen Weile: „So, alles hat einmal ein Ende."

Sie sprang auf die Füße, ließ ihr gelbes Höschen zu Boden rutschen und baute sich, die Fäuste in die Hüften gestemmt, breitbeinig vor mir auf. Offenbar war das ihre liebste Pose. „Nun bist du dran."

„Willst du mir jetzt den Hintern versohlen?"

„Nein", lachte sie, „obwohl es gerecht wäre. Mir genügt die Rolle der Devoten. Einen Mann zu verprügeln würde mich anöden. Nein, ich meine deinen Anspruch auf einen Abgang."

„Ich hatte doch einen."

„Einen ungeplanten. Macht es dich an, meinen roten, heißen Po anzuschauen und an ihm 'rumzukneten?" Im Stehen war Lindas Rock wieder über ihre Blöße gerutscht, soweit es ihm möglich war.

„Sicher, aber an dir gibt es tolle weitere Sachen zu erkunden. An deinen waffenscheinpflichtigen Beinen 'rumzugrapschen und samtweich an deinen Brüsten und Wangen zu reiben."

„Bitte."

Lindas Haut fühlte sich herrlich an, aber nach längerem Probieren erkannte ich, dass ich doch mehr Lenze zählte als mir in diesem Augenblick lieb war.

„Ich hab' eine Idee."

„Welche?"

„Du hast im Bad doch gesagt, du verträgst jede Menge Abgänge am Stück."

„Ja."

„So wie du gern in dein Höschen machst, sehe ich gern einer Frau ins Gesicht, wenn sie einen Orgasmus durchlebt. Das geht natürlich nur im Handbetrieb."

„Okay. Willst du oder soll ich?"

„Wie es dir lieber ist. Du kannst es dir selbst besorgen und ich drücke ein bisschen deine Brüste oder du machst das und ich gehe mit den Fingern zwischen deine Beine. Dann legst du dich aber besser hin. Ich will doch dein Gesicht sehen."

„Dann fummel' ich. Ich weiß ja, wie ich meine Hand einsetzen muss, und du kannst deinen Händen oben 'rum freie Bahn lassen. Soll ich den Rock fallen lassen?"

„Bloß nicht. Ich stehe auf Miniröcke. Ich finde es total sexy, wenn eine Frau druntergreift und sich aufgeilt."

Als Lindas Augen sich weiteten und sie zu stöhnen und keuchen begann, fühlte ich meinen besten Kameraden allmählich wieder zu Kräften kommen. „Es klappt", rief ich, als sich Lindas Atem allmählich normalisierte, „schnell! Bückst du dich bitte über die Sessellehne?"

Linda verstand sofort, vor allem, dass nicht viel Zeit zu verlieren war. Endlich spürte ich ihren immer noch geröteten Po, dessen Wärme mir zusätzlichen Schub verlieh, gegen meine Lenden drücken. Ich schaffte mehrere Stöße und hörte Linda ein weiteres Mal stöhnen. Nachdem ich ihrer paradiesischen Öffnung meinen abgeschlafften Kollegen entnommen hatte, richtete Linda sich auf und bot mir ihren immer noch entblößten Rücken in voller Schönheit dar. Ich graste ihn flächendeckend mit Küssen ab, während meine Hände nach Herzenslust ihre festen Brüste beackerten.

„Mach weiter!"

Ich merkte, dass Linda wieder ihre Finger in Bewegung gesetzt hatte. Bald vernahm ich das mir seit einiger Zeit bekannte Stöhnen und spürte, wie ihren ganzen Oberkörper eine Gänsehaut überzog. Dann ebbten ihre Gefühle langsam ab. „Danke!"

„Du glaubst gar nicht, wie schön das für mich ist."

Wir begannen alles zu reinigen und zu verpacken, wobei es bei Linda nicht viel zu verpacken gab. Das Höschen sparte sie sich. Sie schnurrte wie ein Kätzchen. „Tatsächlich noch zwei Mal. Fünf Mal heute Abend insgesamt. Mehr kann ich nicht verlangen."

„Daran hast du den größten Anteil. So hat mich noch nie eine Frau angemacht. Du bist großartig."

„Danke. Ich bin gern zu Diensten.

Weißt du, wenn mich einer ficken will, lass' ich ihn. Von einem Ständer die kühle Klebe in die Grotte gedrückt zu kriegen ist gut und schön und ich weiß das auch zu würdigen. Es geht aber auch ohne. Ich komme meistens irgendwann zwischendurch und wenn nicht ohne Stimulierung, dann halt mit Fingernachhilfe."

Ich setzte einen Kaffee auf. „Eine Frage habe ich noch."

„Und?"

„Du hast gesagt, dass es dich direkt beim Spanking selten überkommt. Soweit ich weiß, hast du keinen Freund. Wo…."

„Du bist ja ganz schön informiert."

„Im Dorf erfährt man alles, sei es in der Kneipe, bei einem Fest oder im Schwimmbad. Nicht, dass ich mir je Hoffnungen gemacht hätte."

„Also musste ich mich 'ranmachen."

„Mich hat sehr selten eine Frau toll gefunden. Wie bist du auf mich gekommen?"

„Ich habe mir gedacht, dass du gewisse Praktiken tolerierst oder sogar gut findest. Ich habe mir auch gedacht und es ist mir wichtig, dass du kein Sadist bist. Alle wundern sich, dass jemand wie ich – ich weiß, wie ich aussehe! – keinen Partner hat. Allzulange hat nichts gehalten, denn ewig normalen Sex mit auf den Rücken legen, Beine spreizen und 'reinspritzen lassen finde ich auf Dauer zu langweilig. Über kurz oder lang fanden mich meine Verehrer deshalb pervers. Findest du mich pervers?"

„Nein, tatsächlich nicht. Richtiger Sadismus ist pervers, erst recht, wenn Verletzungen in Kauf genommen werden, aber das Spanking mit dir bleibt weit davon entfernt. Ich sehe ja, dass dein Allerwertester problemlos belastbar ist. Und was das Hosennässen betrifft, hm.... Ich hatte eine Phase lang selbst eine Tendenz dazu. Leider ist das bei einem Mann schwieriger, denn ab einem gewissen Alter wird das Ding da drin steif und der Stoff spannt so, dass kaum 'was 'rauskommt."

„Komisch, irgendwie hatte ich das geahnt."

„Selbst würde ich es nicht mehr tun, aber dir zugucken.... Da hätte es mich fast übermannt."

„Ich denke, das ginge den meisten Männern so. Du bist allerdings der, der sich nicht künstlich empört, sondern es genießt."

Mein ohne teure Maschine gebrauter Kaffee erfreut sich besten Rufs und Linda schloss sich den Lobeshymnen an. „Ich habe schon viel von deinem Kaffee gehört. Wie du sagst, im Dorf erfährt man alles. Nun darf ich ihn endlich kosten."

„Danke." Ich druckste herum.

„Was ist?"

„Meine Frage von vorhin. Bei welchen Gelegenheiten..."

„...ich mir sonst den Arsch vollhauen lasse? Es gibt einen feinen, überschaubaren Klub, wo wir uns ausleben. Es war viel Gespür nötig, dass wir uns fanden. Willst du mittun?"

„Kriegen auch Männer ihr Spanking?"

„Nur wenn sie wollen. Möchtest du das nicht?"

„Probieren könnte ich es. Vielleicht ist es anregend. Ich habe nur Bedenken."

„Warum?"

„Wegen meines Alters. Ich kann nicht...."

„Erstens haben wir sowieso Mitglieder, die Spanking wollen, aber auf vögeln keinen Wert legen, und zweitens – nun, was ich heute Abend mit dir erlebte, lässt mich hoffen. Ein paar Jahre hast du noch."

„Gut, dann lass' mich schnuppern."

„Du wirst einige entzückende andere weibliche Hinterteile präsentiert bekommen. Wir sind mehr Frauen. Du darfst also ohne Bedenken zuschauen, wie eine Frau eine andere vermöbelt. Wenn die Hände meiner Freundin nett zu meinem Hinterteil sind und du dabei mein Gesicht beobachtest, blüht mir sicher ein Abgang. Dann kannst du dir gleichzeitig einen 'runterladen."

„Lass' mich schnuppern!"

Linda zog ein Gesicht, das sich keinesfalls als lächeln, sondern als nichts anderes denn grinsen interpretieren ließ. „Dachte ich mir, dass das verlockend klingt. Sei versichert, dass alles in humanem Rahmen abläuft. Keiner wird zu etwas gezwungen, was er – oder sie – nicht möchte."

„Und das andere?"

Wieder schaltete Linda sofort. „Blaseninhalt ins Höschen? Das habe ich keinem und keiner gegenüber je zu erwähnen gewagt. Du bist der erste, der es erfahren hat – außer meiner Mutter, der es nicht entgangen ist."

„Dann danke ich für dein Vertrauen."

„Ich hatte irgendwie im Gefühl, dass du darauf abfährst. Und das hat mich nicht getrogen."

„Eins nehmen wir uns für das nächste Mal vor, wenn Du nochmal...."

„Gern. Auch das andere, was immer das ist."

„Keine Bange, auch hier nichts Perverses im besprochenen Sinn. Im Gegenteil, ich will dir Gutes tun. Du hast doch einen Jeansrock, der leicht und locker ist und auch nicht länger als dein Spankingding?"

„Dir entgeht nicht viel."

„Das Textil entgeht keinem Mann. Es schwingt so aufreizend, dass der Wind manchmal etwas tiefere Einblicke gestattet. Deine Höschenfarben kennt im Dorf vermutlich jeder Mann."

„Und das Teil soll ich anziehen?"

„Wie gesagt, ich stehe auf Miniröcke und stelle mir immer vor, drunter zu gucken oder zwischen den Beinen Hand oder Mund anzulegen oder dass die Frau einfach ihr Wasser laufen lässt wie du vorhin. Dabei alles vom Hauch des Geheimnisvollen verdeckt. Viel erotischer als völlig nackt.

Mein Bett hat am Kopfende ein Bord, gerade hoch genug, dass du dich bequem abstützen kannst, wenn du auf der Matratze kniest. Die Beine schön auseinander – das machst du ja gern –, denn ich möchte mit meinem Kopf unter deinen Rock. Ich finde das herrlich. Während beim normalen Sex die Beine immer abseits liegen und nichts dazu beitragen, spüren in dieser Stellung meine Wangen jeden Oberschenkelmuskel arbeiten. Ich möchte dich mit der Zunge beglücken, und zwar solange, bis dir dein Unterleib wehtut. Du wirst sehen, ich bin sehr ausdauernd. Deinem Jeansrock verleihe ich den Titel ‚Bums-mich-Fummel‘."

Linda ließ ihren Kaffee im Stich, umrundete den Tisch, setzte sich auf meinen Schoß, legte ihren Arm um meine Schultern und küsste mich lange und intensiv. Ihre Lippen, Mundhöhle und Zunge schmeckten wunderbar. „Das haben wir wegen den ganzen Übungen völlig vergessen", hauchte sie während einer kurzen Unterbrechung zum Luftholen, „aber eigentlich ist es das Beste. Ich freue mich auf unsere Zukunft."

Elviras Jeans

Elvira ist eine Kollegin in der Betriebsorganisation, kurz BO genannt. Dieser Abteilung obliegt die Aufgabe, uns Entwicklern Vorgaben für neue Aufträge zu formulieren, die wir in lauffähigen Programmcode umzusetzen haben. Jeder hat seinen Produktbereich und Elvira ist für den Druck zuständig, der genau mein Aufgabengebiet ist. Folglich haben wir regelmäßig miteinander zu tun.

Die neue Bleibe unseres Arbeitgebers, eine Versicherung, ist wie heute üblich ein vollverglastes Großraumbüro. Es gibt einzelne, abgeteilte Sitzungszimmer, die ebenfalls ringsum Durchsicht gewähren. Jeder Versuch, das Raumklima in den Hühnerkäfigen, wie wir Mitarbeiter sie nennen, zu einer erträglichen Mischung zu bewegen, waren bisher gescheitert. Das hat den angenehmen Nebeneffekt, dass alle ihre Sitzungen so kurz wie möglich halten.

Dennoch, ganz ohne geht's nicht. Elvira und ich saßen zusammen vor einem Bildschirm und hatten unserer Meinung nach alles geklärt.

„Komm, lass' uns eine rauchen gehen", schlug sie vor.

„Ich rauch' doch gar nicht."

„Ich auch nicht, aber ich ärgere mich, dass meine rauchenden Kollegen – und Kolleginnen, natürlich – alle Dreiviertelstunde auf der Terrasse verschwinden und dann weiß ich wie lange verschwunden bleiben."

Nun ist es nicht so, dass wir Nichtraucher keine Möglichkeiten hätten. Der Architekt hatte Grünecken mit bequemen Sesseln und Nichtraucherterrassen vorgesehen, damit sich jeder nach Belieben zurückziehen kann. Vor allem ein Entwickler wie ich braucht ab und zu Ruhe, um sich zu konzentrieren und niemand, mein Vorgesetzter zuletzt, hätte mich gerügt, hätte ich das für eine längere Zeit einmal in Anspruch genommen. Merkwürdigerweise verhält sich ein Nichtraucher nicht so, sondern verharrt halbtageweise vor seinem Laptop wie hinzementiert.

„Ich darf das alles auch", sagte Elvira, „aber mir geht's wie dir: Ich kleb' – außer für Sitzungen – auf meinem Bürostuhl."

„Also Terrasse – für Nichtraucher."

Wir räumten auf und begaben uns nach draußen. Verglichen mit dem Hühnerkäfig wirkt schon die Luft im Großraum wie Natur. Auf der Terrasse umspülte uns endlich das, was man als Sauerstoff akzeptieren kann. Wir atmeten tief ein.

Einige der BOs halten es für angezeigt, todschick herumzulaufen. Elvira gehört nicht zu ihnen. Oben herum trägt sie als Zugeständnis an ihre Stelle Blusen, aber unten herum habe ich sie nie anders als in blauen Jeans gesehen. In sehr figurbetonten, wie mir immer wieder auffiel.

Elvira verschränkte ihre Arme auf dem Geländer. Dadurch war unvermeidbar, dass ihr Körper einen leichten Knick bildete und sich ein bestimmter Teil dessen exponierte. Sie drehte sich nach mir um.

„Ich seh' doch, wo du hinguckst."

Ich fühlte mich ertappt.

„Brauchst nicht rot zu werden. Glaubst du ernsthaft, eine Frau kriegt sowas nicht mit?"

Außer uns war zur Zeit niemand auf der Terrasse. Ich lehnte mich neben sie auf die Brüstung. „Du bist gut. Zeigst mir dein appetitliches Hinterteil und erwartest, dass ich es nicht wahrnehme."

„Wer sagt, dass ich das erwarte?"

„Stimmt, richtig empört klingst du nicht."

„Ich achte schon eine ganze Weile drauf, ob ich dich anmache. Ich denke, ich hab' nun Gewissheit."

Wir sprachen leise in den Park hinaus, der die gewaltigen Bürotrakte umgibt. „Ich kann dir unmöglich dranpacken, so gern ich es täte. Jeden Augenblick kann jemand kommen."

„Ich weiß einen Ort, wo's ginge."

Hier? Im Gebäude, in den Parks, der Kantine und den Ruheräumen wimmelt es von Menschen. Ich hätte auch nicht gewusst, wo wir uns nach Arbeitsschluss hätten treffen können. Elvira hat seinen Jahren ihren festen Freund und ich bin verheiratet.

„Mir haben sie etwas aufgehalst", erklärte Elvira, „und zwar die Verwaltung der Mikrofilme, die vor Jahrzehnten zur Platzersparnis erstellt wurden. Sie wurden nie digitalisiert. Weißt du, wo sie sind?"

„Keine Ahnung."

„Im Keller, in einer Ecke neben den Duschen und Umkleideräumen. Da ist auch eine Behindertentoilette." Die genannten Räumlichkeiten waren für diejenigen eingerichtet worden, die mit dem Fahrrad oder joggend zur Arbeit kommen, was die Direktion gern sieht. Ich hatte mich noch nie dorthin verirrt.

„Behindertentoilette? Die ist doch abgeschlossen."

„Sollte, ist aber nicht."

„Bist du sicher?"

„War sie jedenfalls noch nie. Einen Versuch ist's wert. Sie ist nämlich garantiert videokamerafrei und schalldicht."

„Schalldicht?"

Elvira wandte mir ihr Gesicht zu. „Du willst doch mehr als nur dranpacken."

Ich schluckte. „Du hast doch einen Freund?!"

„Ein Supertyp. Immer gut gelaunt, witzig, leistungsfähig, tanzt gut...."

„Aber?"

„Todlangweilig. Sex heißt für mich auf den Rücken legen, Beine auseinander und das Zeug 'reinspritzen lassen. Jede Andeutung, mal Neues auszuprobieren, stößt bei ihm auf Abwehr. Nie würde er mir einen Klaps auf den Po geben."

Ich hatte geahnt, worauf Elvira hinauswollte. Ihr letzter Satz machte die Ahnung zur Gewissheit. „Du kannst dir vorstellen, dass ich da nicht nein sage."

„Was ist mit deiner Frau?"

„Dasselbe wie mit deinem Typ. Gäbe ich ihr einen Klaps, wäre sie wochenlang eingeschnappt."

„Und anderes? Lutschen?"

„Um Himmels Willen. Ich glaube, sie ließe sich sofort von mir scheiden. Für sie ist das alles pervers."

„Sind wir uns einig? Morgen statt Mittagspause?"

Ich atmete tief durch. „Ich glaube, es erfüllt sich für mich ein Traum. Um Zwölf. Du musst mir nur zeigen, wo das ist."

„Wir tun so, als gingen wir in die Kantine."

Wir lösten uns vom Geländer, an das wir uns bereits auffällig lange lehnten. Inzwischen hatten sich einige weitere Personen auf der Terrasse eingefunden. „Komm', auf einen Kaffee langt's noch."

Im Flur hörten wir uns an, als sprächen wir über dienstliche Dinge. Das Thema wäre aber nur mit äußerstem Wohlwollen als dienstlich durchgegangen.

„Sind die Jeans gut?" „Ich glaube, ich kenne alle. Ich habe nie versäumt, dich unten 'rum zu mustern, wenn wir miteinander zu tun hatten." „Wie du dir denken kannst, ist mir auch das aufgefallen." „Knackig sind sie alle. Weißt du, welche deine Beste ist?" „Hm?" „Die mit den Perlmuttknöpfen an den vorderen Taschen. Die sitzt perfekt. Keine Falten und keine Wülste. Dein Po in herrlicher Apfelsinenform....

Crème oder Cappuccino?" Wir hatten die Cafeteria erreicht.

„Morgen ziehe ich sie an", flüsterte mir Elvira zu, als wir an unseren Getränken nippten. –

Wir hatten uns wie verabredet vor der Kantine getroffen, sie aber nicht betreten, sondern einen Schwenk durchgeführt. Elvira hatte mich zu dem Fahrstuhl geleitet, der als einziger bis zum Keller hinabgeht und Zugang zu verschiedenen, wenig genutzten Örtlichkeiten gewährt. Elvira war wie versprochen in ihren Jeans mit den Perlmuttknöpfen an den Taschen erschienen.

Der Fahrstuhl öffnete seine Tür.

„Richtig anheimelnd ist das Ambiente nicht."

„Weiß ich, aber anders geht's nicht."

Morgens nutzt tatsächlich der eine oder andere die Duschen und Umkleidekabinen, aber ab Neun ist hier niemand mehr anzutreffen. „Hier ist das Lager mit den Mikrofilmen."

Regale, soweit das Auge reicht. „Braucht die jemand?"

„Alle Jubeljahre wird wieder ein uralter Fall ausgegraben, meistens bei den Lebensversicherungen, wenn irgendein neuer Aspekt auftaucht. Es gibt eine Steinzeitmaschine, die den Inhalt des Films auf Papier ausdruckt. Das nehme ich und scanne es ein. Dann ist der Fall digitalisiert. Die Sache belastet mich nicht im Übermaß. Trotzdem bekomme ich einen Zuschlag, wenn ich hier für einige Stunden arbeite. Hier fehlt's nämlich am Tageslicht."

„Ich schlage vor, dass wir das für unser Vorhaben besser nicht geltend machen."

Elvira gluckste. „Besser nicht. So, hier ist die Behindertentoilette. Schalldicht."

Ich betrachtete wenig begeistert die Einrichtung. Immerhin stand eine Art Kommode an der Wand, die sich für unsere Zwecke nutzen ließ.

„Blöd, das ist zu eng. Wir rücken sie ein wenig nach vorn."

Elvira begutachtete das Ergebnis. „Noch etwas."

Wir ruckelten herum, bis das Möbel beinahe in der Mitte des Raums stand.

„Eigentlich erklärt dieses Arrangement, warum es vermöbeln heißt", meine Elvira, „weil sich die Delinquentin darüber beugt." Unverzüglich setzte sie ihre Worte in die Tat um. Ihre Unterschenkel bildeten eine Schräge, die oberen waren gegen die Kommode gepresst, ihr Oberkörper lag flach auf der Ablage und ihre Arme hingen auf der hinteren Seite des Möbels hinunter. Den Kopf hielt sie aufrecht. Sie hatte alle Accessoires oben in ihrem Schreibtisch gelassen, damit die Jeans an jedem Zentimeter ihres Körpers anlag und nicht durch störende Tascheninhalte deformiert wurde.

„Elvira, sei froh, dass ich keinen Herzfehler hab'. Sonst könntest du grad' den Sanitäter holen. Welche Rundungen! Die gleichen keinen, die ich bisher je gesehen habe. Bleibst du so?"

„Mein Busen drückt etwas, ist aber okay. Wenn du willst, kannst du loslegen."

„Einen Augenblick, ich muss noch eine Maßnahme treffen." Ich öffnete Über- und Unterhose, damit ein bestimmter Körperteil spannungsfrei wurde. Sonst hätte ein nicht erwünschtes Ereignis die Rückkehr ins nachmittägliche Büro verunmöglicht. Elvira hatte den Kopf gedreht und sah mir zu. „Sieht aus, als würde das Spanken dein fünftes Glied in einen beklagenswerten Zustand versetzen."

„Was denkst du denn? Der Gedanke erregt mich schon, seit ich heute Morgen aufstand. Siehst du, wie er sich aufrichtet?"

„Ich helf' dir nachher. Jetzt mach' aber endlich."

Mit voller Kraft loszulegen ist nicht ratsam, denn ein kalter Po ist viel empfindlicher als ein angewärmter. Deshalb klopfte ich zunächst sanft, dann immer kräftiger abwechselnd auf beide Backen. „Das ist noch Vorspiel?" „Sicher, dein Po muss doch erst Betriebstemperatur erreichen."

„Dafür, dass du bisher keine Gelegenheit hattest, kennst du dich recht gut aus."

„Naja, ich habe einige heimliche Bücher besorgt und versteckt. Wenn meine Frau nicht da war, hab' ich auch das eine oder andere Filmchen 'runtergeladen und konsumiert. Aus der Theorie wird aber erst heute Praxis."

Elvira kicherte. „Bei mir auch. Jetzt fühle ich hinten wohlige Wärme. Du kannst mit der Arbeit anfangen."

Mit den Jeans sollte es sein Bewenden haben, auf den Nackten war nicht geplant. Wir wollten uns so wenig wie möglich entblößen – man wusste ja nie. Würden wir erwischt werden, drohte uns die fristlose Kündigung.

Der straff gespannte Leinenstoff knallte herrlich. Elvira gab bei jedem Treffer einen heftigen Atemstoß von sich, verhielt sich aber sonst ruhig. Wir hatten keine feste Zahl ausgemacht; Elvira hatte lediglich bestimmt, dass ich bei „stop" aufhören sollte.

„Stop!" „Fertig?" „Nein. Bitte nur auf die linke Backe."

Da ich Linkshänder bin, gelangen mir die Schläge auf den angegebenen Hügel deutlich besser als auf den anderen.

„Stop!" „Und?" „Rechts!"

Ich mochte mir Mühe geben, soviel ich wollte, auf dieser Seite saßen die Liebkosungen nicht so gut.

„Hm. Stop mal. Ich glaube, links ist besser. Mach' mal richtig Trommelfeuer."

Das tat ich. Elviras Atemstöße steigerten sich zu einem Stakkato, zu denen sich unvermittelt eine Mischung aus Jauchzen und Stöhnen gesellte. Hin und wieder bedachte ich trotz anderslautender Anweisung auch ihre rechte Backe. Das schien sie gut zu finden.

Als sie sich beruhigte, hörte ich von allein auf. „Elvira? Ich denke, es ist gut."

„Ist es. Ich hab' meinen Abgang gehabt."

„Das ist mir nicht entgangen. Guck' dir mal meinen Kleinen an."

Elvira erhob sich, streckte sich, rieb ein bisschen an ihrem Allerwertesten herum und widmete sich mir. „Oh", urteilte sie, „da muss wirklich etwas getan werden."

Auf den Ständer durfte ich stolz sein. Die Prozedur hatte nicht nur Elvira, sondern auch mich aufs Höchste erregt. „Soll ich sie zurückschieben?" fragte ich in der Hoffnung, dass Elvira ein weiteres Versprechen einlösen würde.

„Nein, das mach' ich."

„Kannst du dich bitte beeilen?"

Elvira kniete sich vor mich hin, nahm behutsam mein bestes Stück in die Hand, damit es nicht vorzeitig explodierte, schob die störende Haut ebenso behutsam zurück und steckte alles in ihren Mund. Ich gewann den Eindruck, dass sie öfter eine Fellatio durchgeführt hatte, denn sie arbeitete perfekt. Ich merkte nichts von ihren Zähnen. Ihre Lippen und ihre Zunge umfingen das Objekt ihrer Fürsorge so geschmeidig, dass ich keine Vagina vermisste. Lange musste sie sich nicht anstrengen, denn schon nach Sekunden kam ich, und zwar mehrmals. Sie schluckte alles klaglos hinunter und musste sich beeilen, eine Ladung zu beseitigen, bevor sie die nächste empfing.

Endlich erschlaffte mein Kolben. Es kam nichts mehr und Elvira gab ihn frei, nachdem sie ihn als abschließenden Dienst tadellos sauber geleckt hatte. Ich konnte ihn ohne irgendwelche Spuren verpacken und stand da, als wäre nichts gewesen.

„Boah", sagte sie, „das war tatsächlich höchste Zeit." Sie schluckte noch einige Male. „An deiner Menge hab' ich mich fast übernommen. Nimm's aber nicht als Kritik, sondern als Lob." Ich kniete zu ihr hinunter. „Willst du mich küssen? Warte, ich spül' kurz den Mund aus. Wozu sind wir hier auf einem Klo?"

Wir schmiegten uns noch einige Zeit aneinander. Gefahr bestand keine, denn vorerst war ich in des Wortes wahrster Bedeutung ausgelutscht. Dann öffnete ich Elviras Bluse. Wie erwartet hatte sie keinen BH an. Ich knetete und streichelte ihre festen Brüste, ohne dass sie protestierte.

„Du hast ganz schön heiße Hände."

„Sie haben ja auch eifrig gewerkelt."

„Tun sie weh?"

„Ein bisschen. Aber warum soll es ihnen besser gehen als deinem Hintern?"

Elvira nahm meine Hände von ihrem Busen. „Nimm's mir nicht übel, aber ich möchte nochmal."

„Spanken?"

„Hätte ich auch nichts gegen, aber dazu fehlt die Zeit. Nein, ein bisschen Handbetrieb. Weißt du, solange es hinten brennt, ist meine Lustgrotte vorn stimuliert und das möchte ich ausnutzen.

Guckst du mir zu?"

„Nichts lieber als das."

Es ging schnell. Elvira öffnete ihren Schlitz und begann sachte an sich zu reiben. Zunächst sprach sie normal. „Als Rechtshänderin darf ich keine Damenhosen kaufen, denn dann müsste ich von der falschen Seite kommen."

„Das heißt, das machst du öfter?"

„Gut geschlossen! Wenn ich intensiv daran denke, gespankt zu werden, beginnt es irgendwann zu kribbeln. Ab einem bestimmten Zeitpunkt weiß ich, dass nicht mehr viel fehlt. Dann ab in die Kabine und schnell gemacht. Das ziehe ich sicher ein oder zwei Mal am Tag durch. Bisher hat's niemand gemerkt oder vielleicht doch. Aber weißt du, im Gegensatz zu dem, was Männer meinen, sind wir Frauen verschwiegen und ich bin hier sicher nicht die einzige, die sich's zwischendurch mal schön macht. Wie die anderen sich aufgeilen, weiß ich allerdings nicht….

Oh!" Ein Kiekser, Elvira krümmte sich und ließ das schon einmal gehörte Jauchzen und Stöhnen vernehmen. Gepaart mit ihren raschen Atemstößen war klar, dass sie soweit war. Aufmerksam betrachtete ich ihr Gesicht und ihre Augen, die sich weiteten und das annahmen, was man Schlafzimmerblick nennt.

Sie hielt eine ganze Weile durch, ehe sich alles an ihr beruhigte. „Du hast mich sehr intensiv angeschaut. Gefällt dir das?"

„Sehr. Wäre ich nicht dank dir vollkommen ausgelaugt, wäre ich auch gekommen. Leider ist meine Frau nicht einmal dazu bereit. Wie sagtest du gestern? Auf den Rücken und mit Widerwillen Beine auseinander."

Elvira zog den Reißverschluss zu. „Heute brauchte ich mir nicht vorzustellen, gespankt zu werden. Mein Po ist ein Flammenmeer. Ich danke dir."

„Freut mich, dass ich dir behilflich sein durfte. Dabei bin ich es, der danke sagen muss. Ich hatte drei Mal Spaß."

„Ich doch auch."

„Du kannst hoffentlich sitzen?!"

„Keine Bange. Ab und zu bin auch ich allein zu Hause. Da ich keine Spankingmaschine versteckt kriege, nehme ich einen Kochlöffel oder eine Fliegenklatsche und haue mir selbst drauf, je nach Laune auf die Jeans, das Höschen oder den Nackten. Ich hab' also eine gewisse Schmerzresistenz aufgebaut."

„Dann machst du's dir?"

„Klar! Und ich komme besser als – du weißt schon was."

„Letzte Frage. Wenn du's dir hier schön machst – riecht man das nicht?"

„Ich hab' Einlagen drin. Natürlich dünne, damit meine Finger eine Chance haben. Beim nächsten Gang wechsle ich sie aus. In meiner Handtasche oben im Schreibtisch hab' ich jede Menge."

„Da habt ihr Frauen es wirklich besser. Bei uns ist eine große Reinigungsaktion fällig – außer es geht so wie eben mit deiner Hilfe."

„Lass' uns doch diesen Vorteil."

„Lass' ich doch. Aber weißt du 'was? Ich säh' ganz gern deine rückwärtige Röte und würd' auch gern die Wärme fühlen."

„Soll ich…."

„Nein, lass'!" Ich holte mein Smartphone hervor und sah darauf. „Nochmal könnte ich sowieso nicht und wir sind schon lange hier unten. Wir sollten zusehen, dass wir uns unauffällig zurück an unsere Arbeitsplätze schleichen."

Elvira öffnete vorsichtig die Tür und sah sich um. „Die Luft ist rein."

Im Fahrstuhl muss man vorsichtig sein. Dessen Trichtereffekt bewirkt, dass man an bestimmten, unvorhersehbaren Stellen jedes Wort versteht, das darin gesprochen wird. Das kurze Stück den Flur entlang bis zu ihm war die letzte Gelegenheit für uns, ein heikles Thema anzusprechen.

„Weißt du 'was", sagte ich, „ich glaube, ich hab' mein Leben bisher verpasst, und das nur aus Pflichtgefühl."

„Und? Trägst du dich mit dem Gedanken, deine Frau…"

„…zu verlassen, richtig. Ich müsste aber wissen, wie's weitergeht."

„Weißt du 'was", konterte Elvira, „was meinen Freund betrifft, habe ich soeben dasselbe beschlossen. Wenn du nichts dagegen hast, geht's mit mir weiter. Dann darfst du rote, heiße Hügel erst backen und dann nach Herzenslust besichtigen."

Wir erreichten die Fahrstuhltür. „Warte! Auf zwei Minuten kommt's nicht an."

Bevor wir auf den Knopf mit dem Pfeil nach oben drückten, gönnten wir uns einen langen, innigen Kuss, für den alles zum Einsatz kam, was eine Mundhöhle zu bieten hat.

Beste Freundin Claudia

Conny heißt eigentlich Cornelia, aber das sagt niemand. Am Anfang unserer Beziehung war es schwierig mit ihr. Das Schwierige betraf nicht das Alltägliche. Zusammen eine Kino- oder Theatervorführung besuchen, im Café sitzen oder bei einem von uns zu Hause diskutieren sind mit ihr ein ausgesprochener Gewinn. Conny ist klug und gebildet und alle Themen der Welt sind die Ihren. Besonders interessiert sie sich für Literatur, Musik und Geschichte. Ausgezeichnet ist ihre Fremdsprachenbegabung, die sie konsequenterweise für ihr Studium nutzte. Sie arbeitet als Dolmetscherin und Übersetzerin für französisch, italienisch und spanisch. Ihre Englischkenntnisse beschreibt sie als ‚klassisches Schulwissen‘, aber das ist Unsinn. Sie hat darin lediglich kein Examen abgelegt. Sport treibt sie, aber nicht übermäßig, und liegt damit auf meiner Wellenlänge. Mein Beruf als Informatiker liegt allerdings zu ihrem Broterwerb am anderen Ende der Qualifikationsskala.

Nein, schwierig war es, sich ihr körperlich zu nähern. So hatte sich vor ihr keine Frau geziert und hätte sie nicht gemerkt, dass ich mich langsam nach einer anderen umzusehen begann, wäre es vermutlich bei einer platonischen Bekanntschaft geblieben.

Irgendwann war sie bereit, ihre Haut und ihre Muschi für mich freizugeben. Zu meiner Überraschung erwies sie sich als Jungfrau, als ich zum ersten Mal in sie eindrang. Das besudelte Bettzeug nahmen wir mit Humor und seit diesem Tag ging es leidlich.

Nichtsdestoweniger blieb das, was man normalen Sex nennt, mit ihr wenig ergiebig. Sie erlaubte ihn zwar, aber zu mehr, als dass sie sich auf den Rücken legte und ihre Beine öffnete, damit ich mein Sperma in sie hineinspritzen konnte, war sie nicht zu bewegen.

Pep geriet in die Sache, als ich einige Male das Wort lutschen fallen ließ. Ich merkte, dass sie hellhörig wurde. „Was meinst du genau?" Ich hätte gar nicht herumdrucksen brauchen, denn sie nahm ohne Weiteres den Ball auf. „Cunnilingus würde mir Spaß machen", erklärte sie zu meiner Verblüffung rundheraus, „und Fellatio…. Naja, das Zeug schmeckt vermutlich auch nicht viel anders."

Obwohl ich mit dieser Aussage nichts anzufangen wusste, erregte sie mich. Vielleicht war endlich eine Idee geboren, wie wir unsere Beziehung zukunftsfähig gestalten könnten. Ich spielte seit einiger Zeit mit dem Gedanken, mit Conny eine Familie zu gründen, denn eigentlich passte alles – bis auf das Eine. Der letzte Satz ging mir zwar nicht aus dem Kopf, aber Connys grundsätzliches Einverständnis verhinderte, dass ich allzu tiefschürfend über ihn nachdachte.

Ich schlief in einem altmodischen Messingbett mit Gittern an seinem Kopf- und Fußende. Das am Kopfende ist höher. Als wir uns das erste Mal am Cunnilingus versuchten, stellte sich heraus, dass es genau die richtige Höhe zum Festhalten aufweist, wenn Conny sich auf die Matratze kniet und ihre Beine weit genug spreizt, dass mein Kopf dazwischenpasst und meine Zunge ihre Lustgrotte erreicht, nachdem ich mich liegend unter ihr positioniert habe.

Conny bietet eine gute Figur und hat ein hübsches, aber nicht auffälliges Gesicht. Sie vermeidet es, sich in der Öffentlichkeit aufreizend anzuziehen, und begnügt sich mit keineswegs figurbetonten Jeans, Sweatshirt und Jacke im Winter und ebensolchen Jeans und T-Shirt im Sommer; Röcke zieht sie keine an und kurze Hosen sind neben dem Bikini für das Schwimmbad reserviert. Außer Gesicht und Armen bleibt Connys Haut mithin der Öffentlichkeit verborgen.

Schon als wir uns kennenlernten, besaß sie zwei bemerkenswerte Ausnahmen von dieser Standardkonfektion:

Einen roten Latexrock, den ich zufällig sah, als Conny einmal den gesamten Inhalt ihres Schranks neu ordnete, und einen weiten Rock, der bis knapp über das Knie reicht und aus dünnem Jeansstoff besteht. Während ich bis vor Kurzem nicht herausfand, wozu das Latex dient, gönnte sie mir bald eine Vorführung in ihrem Jeansrock. Dreht sie sich mit moderater Geschwindigkeit um die eigene Achse, bewirkt die Zentrifugalkraft, dass dessen Stoff die Waagerechte erreicht und ihr Höschen oder ihre Blöße vollständig meinem Blick preisgibt.

Dieses Kleidungsstück erkor ich zum Cunnilingus-Fummel aus. „Warum soll ich das anziehen", fragte Conny beim ersten Mal, „geht's nicht vollständig nackt?"

„Geht schon, aber liebe Miniröcke und stell' mir immer vor, drunter zu gucken oder zu greifen, wenn ich eine Frau so angetan sehe." „Soso." „Hab' dich nicht so. Hast du nicht auch hin und wieder feuchte Tagträume? Ich tu's schließlich nicht.

Und jetzt bin ich bei dir soweit, dass ich das darf. Kannst du dir vorstellen, wie sehr mich das erregt? Hoffentlich halte ich durch, ohne selbst...." Ich vollendete den Satz nicht.

Ich lege mich unbekleidet flach auf den Rücken und Conny baut sich in der beschriebenen Weise über mir auf. Unterwäsche trägt sie nicht, denn meine Zunge hätte keine Chance, sie zu durchdringen. Auch oben herum ist sie vollständig entblößt. Ihrer festen Brüste harrt später eine andere Aufgabe.

Beim ersten Mal war es wie eine Explosion, aber das Verfahren bereitet ihr weiterhin größtes Vergnügen. Sie schafft jedes Mal mehrere Abgänge, wie ich an Hand ihrer charakteristischen Jauchzer und ihres Stöhnens, die von Vaginaergüssen synchron begleitet werden, feststelle.

Nachdem sie sich beruhigt hat, schwingt sie nach hinten, lässt sich sachte auf meinem fünften, im höchsten Maß erregten Glied nieder und beginnt leicht hin- und her zu wippen. Trotzdem schaffe ich es, während meines Orgasmus' ihre Brüste zu ergreifen und heftig an ihnen zu kneten. Während andere Frauen das nicht mögen, weiß ich, dass Conny es gern hat. Sie wird davon sogar so aufgegeilt, dass sie in dieser Pose zuweilen noch einmal kommt.

„Ich hätte nie gedacht, dass das einem Mann Spaß macht", hatte sie sich nach dem ersten Mal geäußert.

„Du hast ja noch nie vor mir einen gehabt", stellte ich fest, „aber es stimmt: Es wird welche geben, die sich über unsere Praktiken entsetzen würden. Dabei ist meine Motivation einfach zu erklären. Erstens spüre ich jeden Muskel deiner Schenkel arbeiten, was bei normalem Sex entfällt. Und zweitens…." Ich zögerte. Das machte Conny neugierig. „Und zweitens?" bohrte sie. „Ihr Frauen kriegt immer mit, wenn ein Mann kommt. Alles wird klebrig und das Ding schlafft kurz danach ab."

„Wir sondern auch eine klebrige Flüssigkeit ab."

„Schon. Aber viel weniger. Sag' mir, wie ich das anders als mit dem Mund kontrollieren soll? Ihr Frauen seid imstande, einen Orgasmus vorzutäuschen. Nicht aber beim Cunnilingus. Du hattest eben vier, da gehe ich jede Wette ein."

Conny kicherte. „Stimmt. Gut, dann sei's dir gewährt. Mach' dir aber bitte keine Vorwürfe, wenn's bei mir nur drei Mal klappt. Ich hab' auch mal mehr, mal weniger Lustwellen."

Nicht lange nach unserem Einführungs-Cunnilingus war Conny zum ersten Fellatio bereit. Sie musste ein bisschen üben, um während des Akts ihre Zähne zum Verschwinden zu bringen, aber bald lief es wie am Schnürchen. Was wunder, dass wir bald die 69er-Stellung für uns entdeckten. Conny ist nur drei Zentimter kleiner als ich, sodass wir gut zusammenpassen.

In zwei von drei Fällen lege ich mich auf den Rücken und Conny kniet sich in umgekehrte Richtung über mich, ihre Öffnung genau über meinem Mund und ihr Busen gegen meinen Bauch gedrückt. Da sich mein bestes Stück bereits vor Beginn der Handlung aufgerichtet hat, bereitet es Conny keine Schwierigkeit, es wiederum mit ihrem Mund zu fassen zu kriegen. Der Hauptnachteil des 69er besteht darin, dass er nicht lange dauert, denn wir kommen beide schnell. Wenn es gleichzeitig ist, betrachten wir die Sache als besonders gelungen. Aus oben geschildertem Grund bleibt uns der Abgang des Partners nicht verborgen.

Manchmal liegt aus Fairnessgründen auch Conny unten, denn die obere Person strengt es gehörig an, sich abzustützen. Auch das ist ein Grund, dass der 69er eher für Kurzweil ausgelegt ist. Dennoch handelt sich um kein Quicky, denn beide müssen vollständig entkleidet sein, was vorher und nachher zu einem gewissen Aktivitäten führt.

Nun, da ich einer abwechslungsreichen Zukunft entgegensah, schlug ich vor, dass wir uns zusammentun. Alles andere stimmte sowieso. Wir bezogen unsere gemeinsame Bleibe vor ungefähr einem Jahr. Das Messingbett wanderte ins Gästezimmer, nicht unbedingt, weil wir ständig Gäste beherbergen, sondern weil wir es für unseren Jeansrock-Cunnilingus weiterhin brauchen. Trotz 69er-Stellung bleibt er unsere bevorzugte Methode.

Hatte Conny zu Beginn unserer Beziehung jeden Gedanken an Ehe und Kinder abgelehnt, merkte ich, wie sich ihre Einstellung allmählich veränderte. Nach und nach kam es zu den ersten schüchternen Anfragen, die ich begeistert mit einem Heiratsantrag beantwortet hätte, hätte nicht ein Geheimnis zwischen uns gestanden.

Während ihrer Studienzeit hatte Conny aus Kostengründen mit einer Claudia zusammengewohnt. Wahrlich nichts Ungewöhnliches. Conny machte keinen Hehl daraus, dass der Kontakt zu Claudia immer noch bestand. Ebenfalls nichts Ungewöhnliches.

Als ungewöhnlich erachtete ich allerdings, dass ich dieser besten Freundin Claudia noch nie hatte begegnen dürfen.

In unregelmäßigen Abständen brach Conny zu ihr auf, aber nie ließ sich Claudia bei uns blicken. Aus einem unbestimmten Verdacht heraus öffnete ich eines Tages, als Conny wieder einmal bei ihrer Freundin weilte, ihren Kleiderschrank. Ich hütete mich, irgend etwas anzufassen, denn das hätte Conny sofort gemerkt, aber das war auch nicht nötig. Ab und zu bin ich zugegen, wenn Conny ihre Klamotten durchwühlt, um Passendes zu suchen, obwohl alle mehr oder weniger von der gleichen Machart sind. Bis auf die beiden erwähnten Ausnahmen. Über dem Jeansrock lag mittlerweile kein Mysterium mehr, aber über dem roten Latex-Fummel. Er befindet sich in Connys Kleiderschrank deutlich sichtbar im obersten linken Fach.

Wenn Conny zu Claudia unterwegs war, war das Fach leer. Das Ding war weg. Es bestand kein Zweifel, dass Conny es zu Claudia mitnahm, obwohl sie in ganz normalem Outfit das Haus zu verlassen pflegte. Ab dieser Erkenntnis schaute ich jedes Mal mit demselben Ergebnis nach. Das Ganze war mir ein Rätsel. Wenn ich überlege, wie naiv ich damals – genau genommen vor gar nicht langer Zeit – war, weiß ich immer noch nicht, ob ich darüber lachen oder weinen soll. Ein anderer Mann mit besserer Erfahrung hätte sofort gerochen, was los ist.

Eines Sonntags, als wir bei schönem Wetter auf der Terrasse saßen, begann sich der Schleier zu lüften. „Du hast auf gewisse Andeutungen von mir immer zurückhaltend reagiert, obwohl ich mir sicher bin, dass du mich liebst", eröffnete Conny das Gespräch.

„Tue ich auch."

„Wo liegt dein Problem?"

„Ich weiß gar nicht, ob ich eins habe."

„Doch, denn du hast zu Beginn unserer Beziehung öfters wegen Familie und Kindern gequengelt und ich wollte nicht. Jetzt bin ich soweit, aber du stehst vor irgendeiner Schranke."

Ich druckste herum. „Jeder hat ein Recht auf sein Privatleben, auch in einer Ehe."

Conny begriff sofort. „Hat er – oder sie, stimmt. Bei dir hab' ich nicht das Gefühl, du hättest eins."

„Du ließest es mir aber, wenn es so wäre?"

„Ich wüsste wenigstens gern, ob es sich um eine andere Frau handelt. Ich weiß, dass ich dir nicht alles biete, was du dir wünschst, aber ich bin guter Hoffnung, dass du dich auf verschiedene Weise ganz gut austobst. Ich übrigens auch. Sollte dir wirklich etwas fehlen, was ich dir nicht bieten kann, kann ich mir vorstellen, eine Zweitfrau zu akzeptieren, die du für genau diesen Zweck hältst. Aber wie gesagt, ich habe nicht das Gefühl, dass da irgend etwas ist."

„Nein, wirklich nicht. Ich bin tatsächlich zufrieden, nachdem ich mich zu Beginn nach einer anderen umzusehen begonnen hatte. Das hast du offenbar gemerkt, denn plötzlich wurdest du zugänglich. Das hat mir Freude bereitet, denn mir war klar, dass du Wert auf meine Freundschaft legtest. Es ist aber gut, deine Meinung zu wissen, falls es einmal zu Änderungen kommt. Zur Not."

„Zur Not. Wie sähe es denn umgekehrt aus?"

„Ihr Frauen seid offenbar toleranter. Ich gebe zu: Mit einem Zweitmann käme ich sehr schlecht zurecht. Eigentlich gar nicht."

„Und mit einer Frau?"

Mir dämmerte es. „Claudia?"

„Nächsten Sonntag stelle ich sie dir vor. Ich habe lange überlegt, ob ich es tun soll, aber gemerkt, dass du dich von mir entfremdest, wenn du nicht erfährst, was gespielt wird. Das will ich nicht. Es wird die letzte Hürde sein. Wenn wir die überspringen, bin ich bester Hoffnung, dass deinem Ja nichts mehr im Weg steht."

●

Conny war wie üblich in normaler Garderobe gefahren und ich schaute nach, ob ihr Latex.... Sie hatte ihn eingepackt. Dabei wollte sie Claudia doch mitbringen? Immer noch benahm ich mich strohdumm.

Ich hörte ein Auto auf den Besucherparkplatz einbiegen und schaute hinaus. Toller Schlitten. Wem mochte der...? Mir stockte der Atem. Zwei Frauen entstiegen ihm und in einer von ihnen erkannte ich Conny, aber nicht die Conny, die ich zu kennen glaubte. Sie hatte ihren Latexrock an und die andere Frau einen ähnlichen, schwarzen. Als wollten sie nicht gesehen werden, huschten beide ins Haus. Unmittelbar darauf hörte ich, wie sich der Schlüssel im Schloss drehte. Dann standen zwei Träume im Zimmer und bauten sich vor mir auf.

Beide Latexröcke waren knackeng, pressten die Rundungen ihrer Besitzerinnen in eine atemberaubende Form und endeten unmittelbar unter den Beinansätzen. Beide Frauen hatten ihre Hände flach auf die Oberschenkel platziert und ihre Gehwerkzeuge leicht gespreizt. Außer in der Badeanstalt sieht niemand außer mir je Connys Beine, aber ich weiß, wie schlank und straff und gleichzeitig kräftig die Oberschenkel und wie wohlgeformt die runden Kniee sind. Ich musste aber in diesem Augenblick zugeben, dass Claudias denen ihrer Freundin in nichts nachstanden. Sie hätten Zwillinge sein können, gleich groß, sodass die unteren Enden ihrer waffenscheinpflichtigen Fummel eine Höhenlinie bildeten, aber auch im Gesicht recht ähnlich, nur dass Conny brünett und Claudia blond ist. Sie hatten – für Conny ebenfalls neu – T-Shirts an, die zwischen Stoff und Haut genausowenig Raum für Luft wie ihre Röcke ließen. Ihre Vorbauten beulten die Hüllen unübersehbar aus. Sie schienen sich zu gleichen. Connys Brüste sind genau richtig groß, groß genug für eine respektable Wölbung, aber klein genug, dass eine – meine – Männerhand sie bedeckt, wenn es die Situation erlaubt. Dazu wunderbar fest. Claudias Dinger schienen denselben Ansprüchen zu genügen. Der einzige auffällige Unterschied bestand in ihren Händen. Während Connys lang und feingliedrig sind, präsentierten sich Claudias breit und deutlich gröber.

Als mein Blick zu den atemberaubenden Beinpaaren zurückwanderte, drehten sich beide wie auf Kommando um und boten mir ihre Kehrseiten dar. Aus dieser Perspektive fiel erst recht auf, wie kerzengerade die unteren Extremitäten beider Frauen gewachsen waren. Die Rückfronten waren sicher gut für einen männlichen Herzinfarkt – von Connys wusste ich es ja –, aber im Augenblick von dünnem Stoff bedeckt. Die Haare beider fielen blond und brünett über die Nacken und endeten kurz unter dem oberen Ende ihrer T-Shirts.

Wieder wie auf Kommando bückten sich beide und unglaubliche Rundungen boten sich mir dar, eine rot, die andere schwarz. Als Letztes griffen beide hinter sich und zogen ihre Röcke hoch, sodass mein Blick auf passende Höschen fiel – das eine rot, das andere schwarz. Ich spürte, wie sich etwas in meiner Hose spannte, von dem mir lieber gewesen wäre, dass es sich ruhig verhalten hätte. Aber so gut können Männer sich nicht steuern.

Bisher war kein Ton gefallen. Allmählich richteten sich die Frauen auf, wandten mir wieder ihre Gesichter zu und lockerten sich. „Und, Besichtigung zur Zufriedenheit ausgefallen?" Conny war es, die als Erste das Wort ergriff. Ich vermochte nur zustimmend zu krächzen, so hatte mich die Vorführung gepackt. Claudia sah meinen gespannten Stoff und lächelte amüsiert. Zum ersten Mal vernahm ich ihre Stimme. „Wenn ich das richtig sehe, ja. Hallo Alex. Schön, dich kennenzulernen." Jetzt stand ich wirklich vor dem Notruf. Connys Frequenz ist normal, nicht nervtötend, aber auch nicht besonders sexy. Dagegen Claudias. Es war das betörendste Alt meines Lebens und durchfuhr mich stärker als das Aussehen seiner Besitzerin. „Ha... – hallo Claudia", brachte ich heraus. Sie hatte sich nicht einfallen lassen, mich mit Sie anzureden, und ich reagierte entsprechend.

Conny sah sich genötigt, die Szene zu kommentieren. „Ich weiß, Alex, dass wir wie Nutten aussehen. Ich versichere dir aber, dass wir das nicht sind."

„Wir sind etwas ganz anderes", pflichtete Claudia ihrer Freundin bei. Wieder durchfuhr mich ein wohliger Schauer, als die Klangwellen mich kitzelten. Wie um alles in der Welt sollte das weitergehen?

„Kostet es eigentlich mehr, wenn wir uns setzen?" Es gelang mir, auf Claudias Frage halbwegs gefasst zu antworten. „Natürlich nicht. Herzlich willkommen, Claudia. Ich mach' erstmal einen Kaffee."

Während ich außer Sicht der Frauen in der Küche hantierte, gelang es mir, mich zu entspannen. Leider sollte das nicht allzu lange währen, denn als ich das Gedeck auftrug, stellte ich fest, dass Conny und Claudia auf der Couch Platz genommen hatten, sodass ich keine andere Wahl hatte, als mich auf dem Sessel ihnen gegenüber niederzulassen. Wie verabredet – was es sicher auch war – streckten sie mir bei leicht geöffneten Schößen ihre Knie entgegen. Es war mir technisch möglich, ihre Höschen zu begutachten, und mental unmöglich, das nicht zu tun.

Die nächste Viertelstunde verlief beinahe wie ein normaler Kaffee…

„…klatsch, das ist das Stichwort", meinte Claudia. Klatsch? Was wollte sie damit sagen?

Conny richtete sich auf. „Alex, es gibt viel zu erklären, und ich fange jetzt an.

Du erinnerst dich an unsere erste Zeit und wie enttäuscht du über mein Verhalten warst – bezüglich meinem sexuellen Verhalten, meine ich."

„Ja…." Langsam wird es ernst, erkannte ich.

„Ist dir nie die Idee gekommen, das ich eine Lesbe bin?"

Jetzt traf mich fast der Schlag, aber anders als vorhin bei der Modelshow. „Aber... – aber, du machst doch, du lässt dich, ich meine…."

„Schon gut, Alex, mir ist klar, dass das ein Schock für dich ist, denn offenbar hast du das nie in Betracht gezogen. Ich will dich auch gleich beruhigen: Ich habe mich geändert, kann mit einem Mann und bin mittlerweile soweit, ihm – du bist natürlich gemeint – praktisch alle Wünsche zu erfüllen. Das hat aber ein bisschen gedauert."

Sie wartete, ob ich etwas sagen wollte, und fuhr fort, als sie merkte, dass das nicht der Fall war. „Ab und zu wollte ich allerdings wieder zu meinen Wurzeln zurück, und die Wurzel heißt Claudia."

„Wir fanden uns zufällig in derselben Studentenbude und mussten sehen, wie wir miteinander zurecht kamen", griff Claudia den Faden auf. „Wir hatten zwar diametral entgegengesetzte Fächer belegt – Conny Sprachen, ich Informatik –, waren uns aber in einem Punkt einig."

„Naja, in genau dem", ergriff Conny wieder das Wort. „wir fanden sehr schnell heraus, wes Geistes Kinder wir waren und begannen es intensiv miteinander zu treiben."

„Die Geschichte wäre hier zu Ende, hätten wir nicht gemerkt, dass unser beider Studiengänge darunter litten und wir beschlossen, dagegen anzugehen." Ich konnte nur staunen, wie sich Conny und Claudia die Bälle zuwarfen. Sie kannten sich wirklich in- und auswendig.

„Und um das zu verdeutlichen, spielen wir dir jetzt ein kleines Theaterstück vor." Conny holte einen Stuhl aus der Küche und platzierte ihn mitten im Wohnzimmer. „Das ist alles, was wir an Requisiten brauchen. Kannst du dir vorstellen, was gleich kommt?"

Ich schüttelte den Kopf. Wenn ich heute darüber nachdenke…. Andererseits fühlte ich mich wie von einem Omnibus überrollt.

„Was denkst du bei unserem Outfit – außer an Nutten, meine ich?"

„Lass', wir spielen unser Stück. Ein bisschen Lust ist ja auch dabei." Claudia musste keine Rücksicht auf einen Freund nehmen, von dem sie hoffte, dass er sie heiraten würde; das merkte ich deutlich.

Conny und Claudia bauten sich vor dem Stuhl auf.

Claudia: „Du bringst schon wieder schlechte Noten nach Hause."

Conny (den Kopf gesenkt): „Ja."

Claudia: „Du bist faul gewesen."

Conny: „Ja."

Claudia: „Sag' ich dir nicht seit Tagen, dass du mehr lernen musst?"

Conny (weinerlich): „Aber ich fühlte mich nicht gut."

Claudia: „Soso. Aber fürs Kino fühltest du dich gut genug?"

Conny: „Es war so ein toller Film."

Claudia: „Dafür hast du jetzt tolle Noten. Hast du dir überlegt, wie es weitergeht?"

Conny: „Ich hole alles auf, das verspreche ich dir."

Claudia: „Das hast du schon x-Mal versprochen. Ich habe keine Geduld mehr."

Conny: „Claudia, bitte!"

Claudia: „Nichts bitte. Ich werde jetzt deine Motivation stärken. Du weißt wie."

Conny: „Bitte, Claudia, ich meine bitte nicht. Ich werde auch immer brav sein."

Claudia: „Zu spät, Conny, du weißt, was dir blüht."

Claudia setzte sich auf den Stuhl und bedeutete Conny, sich zu nähern. Conny stieß ein letztes: „Bitte nicht, Claudia!" hervor, bildete dann jedoch gehorsam ein umgedrehtes U. Ihre Füße blieben auf dem Boden, ihr Oberkörper lag auf Claudias Schoß und mit ihren Händen stützte sie sich auf der anderen Seite des Stuhls wiederum auf dem Boden ab. Ihren Kopf hielt sie waagerecht, sodass sie mir ins Gesicht schaute. Claudia hielt mit der linken Hand die Hüfte der Delinquentin fest. Langsam wurde mir klar, worauf das Ganze hinauslief. Es war die klassische Spankingpose. Bisher hatte ich lediglich davon gehört, aber noch nie in Natura gesehen. Gespannt verfolgte ich die Szene weiter. Ohne dass ich es zu verhindern vermochte, spannte sich wieder etwas in meiner Hose.

Zunächst wärmte Claudia Connys Backen mit leichten Klapsen an. „Sag', wenn du bereit bist."

„Noch ein bisschen."

Claudias Klapse wurden kräftiger. „Und?"

„Jetzt ist's gut."

Dann drosch Claudia wirklich drauflos. Die Schläge knallten auf dem Latex, dass ich befürchtete, dass sie außerhalb unserer Wohnung gehört würden. Die Frau, die über Claudias Schoß lag und sich willig verbläuen ließ, hatte irgendwie gar nichts mehr mit der zu tun, die ich als Conny kannte. Außer dass sie bei jedem Treffer heftig ausatmete, blieb sie ruhig.

Nach ungefähr 20 Hieben unterbrach Claudia die Prozedur. Ich dachte, sie sei nun fertig, aber sie fing gerade erst an. Sie schob Connys Rock über deren Hüfte, sodass nun das rote Höschen freilag. Wieder prasselte es los. Auf dem dünnen Stoff klang es ganz anders und ich war überzeugt, dass es so weitaus mehr schmerzte. Conny verhielt sich nicht anders als vorher.

Nach einer Weile – ich vermute, nach weiteren 20 Einschlägen – war Claudia soweit, die dritte und ultimative Staffel anzugehen. Ich sah voraus, dass diese dritte Stufe ganz textilfrei ablaufen würde. Tatsächlich schob Claudia Connys Höschen auf deren Kniekehlen hinunter und setzte die vorgeschobene Bestrafung fort. Claudia nahm meinem Empfinden nach keinerlei Rücksicht darauf, dass die ihr nunmehr dargebotene nackte Haut gar nicht mehr geschützt war. Es klatschte, dass es eine Freude gewesen wäre, hätte ich nicht darunter gelitten, dass es Connys Po war, der da so heftig malträtiert wurde. Diesmal änderte sich Connys Verhalten. Ihre Atemstöße wurden heftiger und zu meiner Überraschung begann sie zu lachen. Das Lachen steigerte sich zu einem Jauchzen und den begeisterten Ausrufen: „Super, mach' weiter, gut so!" Ein wahres Trommelfeuer hagelte auf den Po. Als ich mich beinahe zum Einschreiten entschlossen hatte, wurden beide langsamer. Conny hatte sich beruhigt und Claudias Hand ruhte mehr auf den dunkelroten, heißen Backen ihrer Delinquentin als dass sie zuschlug. Beide atmeten tief ein und aus. Conny erhob sich, zog ihr Höschen über die Spuren der Verwüstung und ließ ihren Rock fallen. Auch Claudia erhob sich.

„Conny, um Himmels Willen!" „Was ist?" „Du musst doch – doch höllische Qualen leiden?!"

„Es brennt höllisch, aber das ist keine Qual. Pass' auf!" Conny ging zur Couch und ließ sich darauf fallen.

„Du kannst noch sitzen?"

Conny lachte. „Aber natürlich. Das war doch alles nur mit der flachen Hand. Wer Spanking zum Hobby hat, muss abgehärtet sein."

Claudia setzte sich wie vorher neben sie. „Bist du mir böse?"

„Ich weiß nicht…."

„Sei nicht albern", unterbrach Conny mich, „du hast doch gesehen, dass alles gespielt war und ich das Spanking wollte. Hast du nicht mitgekriegt, dass ich zum Schluss, als es auf den Nackten ging, einen Orgasmus hatte?"

„Irgendwie ja, obwohl ich gedacht hatte, das kann doch nicht sein."

„Natürlich kann das sein", beruhigte Claudia mich, „obwohl es niemand garantiert. Eben das war ein Riesenglück." Sie rieb ihre rechte Hand sanft am T-Shirt.

„Naja, wenigstens tut dir deine Hand weh", beruhigte ich mich. „Da gibt's die tollsten Sachen, hab' ich gehört. Das soll bis zum Auspeitschen gehen."

„Sowas machen wir nicht. Flache Hand, allenfalls Fliegenklatsche. Schon bei Haarbürste oder Kochlöffel drohen Verletzungen. Das wollten und wollen wir auf keinen Fall."

„Sag' mal, Claudia…. Bist du auch mal dran?"

„Natürlich. Je nachdem wer ‚böse' war. Ist aber Quatsch, mit dem sogenannten Punishment-Spanking haben wir längst aufgehört. Wir machen's einfach, wenn uns danach ist."

„Wenn Conny dich besucht, ist euch immer danach?"

„Wir müssen die Gelegenheiten nutzen, wo sie sich ergeben."

„Das Verhältnis ist ungefähr drei zu eins", erklärte Conny, „ich meine, dass ich sie kriege gegen Claudia. Früher lag das daran, dass sie tatsächlich deutlich fleißiger als ich war – du hast ja unser kleines Spiel gesehen –, heute hat das technische Gründe."

„Dazu gibt's zweierlei zu sagen." Ich merkte, dass ich mich in das Gespräch hineinfand. „Erstens kann ich mir nicht vorstellen, dass du je faul warst – als Conny, wie ich sie kennengelernt habe –, und zweitens möchte das mit dem technischen Grund erläutert sehen."

„Auch wenn du's nicht glaubst: Ich war tatsächlich eine Zeit lang faul, was daran lag, dass ich mich mehr auf das Spanking als auf das Studium konzentrierte. Wir haben's ja vorhin angedeutet.

Der praktische Grund sind Claudias Hände. Schau' sie dir an: Wie Klodeckel…."

„Conny!"

„Hab' dich nicht so. Jedenfalls klatschen die auf meinen Bäckchen viel besser als meine zarten Finger auf Claudias Landschaft."

„Noch 'was." Ich wandte mich an Claudia. „Du sagtest vorhin, dass ein Orgasmus während des Spankings eher Glück ist. Habt ihr sonst nicht…?"

„Doch, doch." Conny übernahm die Antwort. „Es gibt doch Mund und Finger. Was denkst du, warum ich mit der 69er-Stellung keinerlei Probleme hatte. Die ist für zwei Frauen ideal und fair. Man nimmt und gibt gleichzeitig."

„Und deshalb hast du damals gesagt: ‚Das Zeug schmeckt vermutlich auch nicht viel anders'."

„Das hast du dir gemerkt?"

„Ich denke seitdem darüber nach und seit heute weiß ich es: Du hast im Geist Sperma mit Muschiklebe verglichen. Und?"

„Was und?"

„Hat's gestimmt, das mit dem gleichen Geschmack?"

Conny lachte. „Nein, natürlich nicht. Aber mach' dir keine Sorgen. Ich hab' keinerlei Probleme, weder mit dem einen noch mit dem anderen Zeug."

Claudia erhob sich. „Ich lass' euch allein, denn ihr habt noch viel, über das ihr euch unterhalten müsst. Erlaubt mir nur, mich umzuziehen, denn in dem Nuttenzeug gehe ich ungern auf die Straße." Zu mir gewandt fügte sie hinzu: „Als wir kamen, waren wir auf den Effekt aus."

Es machte ihr nichts aus, sich vor mir vollständig zu entkleiden und normale Straßenbekleidung überzustreifen. „Weißt du, ich bin leider – leider für deine Geschlechtsgenossen – immer noch Volllesbe. Ich gebe aber zu, dass es wert ist, diese Haltung zu überdenken. Connys neues Leben hat etwas für sich. Ich brauche aber noch einige Zeit."

Bevor sie ging, erklärte sie abschließend: „Wenn du erlaubst, komme ich nächsten Sonntag wieder. Du sollst selbstverständlich sehen, dass auch Conny mal darf. Und damit sie sich mit ihren zarten Händchen nicht mit meinem Riesenarsch abmühen muss, bring' ich unsere lederne

Fliegenklatsche mit." Claudia zwinkerte mir zu. Dann drehte sie sich um und kurz darauf hörte ich die Tür ins Schloss fallen.

Conny hatte ihre Freundin bis zur Straße begleitet und kam zurück. „So." „Wie, so?" „Hat's dir gefallen?"

„An sich ja. Ich war nur zwischendurch so erschrocken, dass mir alles vergangen ist. Das passiert mir beim nächsten Mal, glaube ich, nicht mehr."

„Ist dir jetzt alles klar?"

„Ja, und ich bin sehr froh darüber. Dein Geheimnis ist gelüftet, und es handelt sich um nichts, was mir Sorgen machen müsste. Aber sag' mal: Wie habt ihr euch erkannt? Spanking ist eine heikle Sache. Ihr müsst ja sehr intim gewesen sein, ich meine, nicht nur, was die 69er-Stellung betrifft."

„Das war mehr Zufall. Wir waren wirklich recht fleißige Studentinnen und dass wir das Examen bestehen würden, daran bestand für beide kein Zweifel. Dennoch gelingt dir nicht immer alles und ab und zu schleppten wir eine weniger gute Note nach Hause als wir uns vorgenommen hatten.

Ich glaube, es war Claudia, die mir zuerst auf den Po haute, als ich ihr einen Misserfolg beichtete. ‚Das ist die Strafe' oder so etwas sagte sie zu mir. Ich merkte, dass ich das gar nicht als unangenehm empfand.

Es kam, was kommen musste, und Claudia schlich sich mit einer Fünf in die Bude. Das war natürlich für mich Anlass zur Revanche und ich knallte ihr kräftig einen hinten drauf. Auch sie hat das als anregend empfunden und wir erstellten einen Strafkatalog: Wie viele Schläge auf welche Note standen. Das Theaterstück, das wir dir vorspielten, war für die damalige Zeit durchaus realistisch. Es war natürlich von Anfang an Theater.

Bald verselbstständigten sich unsere Spankingorgien. Als wir beide mit dem Studium fertig waren, nahmen wir uns vor, zu diesem Zweck zusammenzubleiben, obwohl wir sonst völlig andere Lebenswege gingen. Claudia hat ja gesagt, dass sie bis heute mit Männern nicht viel anfangen kann. Obwohl ich manchmal glaube, dass auch sie Kinder.... Naja, das muss sie wissen. Noch Fragen?"

Ich hatte Conny zwar zugehört, aber meine Fantasie war gegen meinen Willen abgeirrt. „Nein, es ist alles erschöpfend erklärt. Conny?"

„Ja?" „Lässt du deinen Fummel an?" „Du weißt, dass das Ding Spankingrock heißt?" „Jetzt weiß ich's. Lässt du dein Höschen fallen?" „Willst auch mal?" „Nicht das, jedenfalls heute nicht. Aber dein Po ist bestimmt noch schön rot und heiß." „Ist er. Gut so?" Das Höschen umschmeichelte ihre Füße.

„Bückst du dich?" Conny stützte sich auf der Sitzfläche des Stuhls ab, der immer noch im Wohnzimmer stand. Ich schob ihr Latex soweit nach oben, dass ihre leuchtenden Hügel freilagen. Sie strahlten ihre Wärme regelrecht ab. Ich streichelte und knetete ein bisschen an ihnen herum, bis ich wusste, dass ich soweit war. „Erlaubst du?"

Conny wusste, was ich wollte. „Ja." Zum ersten Mal durfte ich sie, die breitbeinig gebückt vor mir stand, von hinten ficken. Als ich zurücktrat, richtete sie sich auf und strahlte mich an. „Ich glaube, wir sind auf dem richtigen Weg." Sie hatte sich in die Frau zurückverwandelt, die ich kannte.

●

Das Nobelauto bog in unseren Besucherparkplatz ein. Claudia entstieg ihm in normaler Straßenkleidung. Als sie sich in unserem Wohnzimmer zur Spanking Lady umzog, fragte ich sie: „Macht es dir eigentlich nichts aus, dich vor mir zu enthüllen?"

„Komischerweise nicht. Ich kann mir zwar nicht vorstellen, es mit einem Mann zu treiben oder mich von ihm verhauen zu lassen, aber angucken – lass' mich dir etwas stecken."

„Ich bin gespannt."

„Vorweg, dass du sowieso gleich alles von mir sehen wirst. Dann ist dir sicher mein teures Auto aufgefallen. Ich bin Informatikerin und verdiene in dem Beruf recht gut, aber dafür würde es nicht reichen – es sei denn, ich hätte auf Wasser und Brot umgestellt, was mir aber fernliegt. Nein, ich hab' einen Nebenjob. Ich bin Model – Nacktmodell, wie ich zugeben muss. Das bringt nämlich richtig 'was ein."

Ich war nicht schockiert. Einerseits: Warum sollte Claudia nicht ausnutzen, dass sich ein Körper wie ihrer geldbringend vermarkten lässt. Andererseits: Ich war abgelenkt. Ich hatte die Augen geschlossen und genoss ihre herrliche Altstimme. Sie konnte erzählen, was sie wollte, sie wäre mir immer eine Sünde wert. Conny konnte von Glück sagen, dass sie mir ihre Freundin nicht früher vorgestellt hatte.

Claudia war bereit. Conny kam aus der Küche, in der sie unser Kaffeegeschirr abgestellt hatte. Sie hatte ebenfalls ihr Latex angelegt, im Gegensatz zu ihrer Freundin allerdings ohne etwas drunter. Beim Sitzen oder der kleinsten Bückbewegung offenbart sich das dem Betrachter.

„So." Claudia kramte in ihrer Handtasche herum. „Wie versprochen." Sie beförderte eine lederne Fliegenklatsche aus deren Tiefen und zeigte sie uns. Zu mir gewandt erklärte sie: „Heute ist klar, worum es geht, auch wenn ich das Programm nicht in allen Einzelheiten geplant habe. Voriges Mal war ja alles für dich völliges Neuland und wir karteten unser Vorgehen bis ins Kleinste ab. Heute bin ich dran. Conny kann aus der Sache höchstens erschöpft hervorgehen; wegen ihrer Haut kannst du unbesorgt sein, die bleibt unberührt. Habt ihr eigentlich zwischendurch…?"

„Nein", entgegnete Conny.

„Ich hab' zuviel Respekt vor ihr", fuhr ich an ihrer Stelle fort. „Weißt du, ich würde nie eine Frau schlagen. Spanking ist natürlich etwas anderes, da kann ich davon ausgehen und hab' ja auch gesehen, dass das erwünscht ist. Jeder Mann hat Spaß daran, seiner Freundin mal einen hinten drauf zu geben, und ich hab' das in früheren Beziehungen auch ab und zu gemacht. Nie bei Conny. Das hätte ich nicht gewagt. Nach den Erkenntnissen des vergangenen Sonntags weiß ich zwar nicht, wie es weitergeht, aber irgendwie ist Connys Po im Moment für dich reserviert. Der Rest ist für mich, aber der ist für mich tabu."

„Interessant." Claudia wiegte die Fliegenklatsche in ihrer Hand. Zu Conny gewandt fragte sie: „Sollen wir anfangen?"

„Gern." Conny nahm von ihrer Freundin das Arbeitsgerät entgegen. „Hiermit wurden noch nie Fliegen geklatscht", sagte sie zu mir, „nur Frauenpos."

Heute war ich angesichts des Kommenden heiß; auch ein etwas tiefer gelegener Körperteil begann sich dafür zu erwärmen. Claudia verkniff es sich nicht, einen Blick drauf zu werfen. „Sieht gut aus", urteilte sie, „wie sollen wir's machen, Conny?"

„Über den Schoß legen ist blöd, dafür ist der Stiel zu lang. Wohnzimmertisch?"

„Wohnzimmertisch!"

Claudia bückte sich, wie ihr geheißen wurde. Der Rock, von dem ich nun weiß, dass er zu genau diesem Zweck entworfen wurde, spannte sich über ihrem Hinterteil noch mehr als es ohnehin der Fall war. Conny ließ das Folterinstrument zunächst einige Male durch die Luft sausen, bevor sie es erstmals auf Claudias Gesäß platzierte. Nicht heftig, denn auch bei dieser Methode sollte die Anwärmphase nicht ausgelassen werden.

„Sag', wenn ich anfangen soll."

„Noch ein bisschen." Es klatschte jetzt schon wunderbar. Ich öffnete meine Hose, damit nicht die sich steigernde Spannung für mich zu einem vorzeitigem Ende der Schau führen würde. Claudia nahm die Bewegung wahr und sah sich nach mir um. „Super. Ich glaube, heute bist du dabei." Und zu Conny: „Du kannst loslegen."

Conny legte los. Es knallte nicht ganz so laut wie von Claudias flacher Hand, aber Latex holt viel aus Vorhandenem heraus. Heute hatte Claudia die Aufgabe, mitzuzählen. Die Zahlen kamen ein wenig abgehackt, aber sonst schien auch sie gegen die Dresche unempfindlich zu sein. Mir fiel auf, dass sich Conny Mühe gab, alle Stellen gleichmäßig abzudecken. Bei 20 hörte sie auf und trat an ihre Freundin heran, um ihr den Rock hochzuschieben und ihr – diesmal weißes – Höschen freizulegen. „Bei dieser Variante ist an sich die Klatsche besser", erklärte sie mir, „denn dahinter steckt nur Geschwindigkeit, keine richtige Kraft. Wenn die Delinquentin sich bückt, sonst keinen Halt hat und du mit der Hand zuhaust, ist unvermeidbar, dass sie durch die Kraft des Arms jedes Mal ein bischen nach vorn ruckt."

„Du bist ja eine richtige Wissenschaftlerin."

Conny grinste. „Nicht ich. Claudia hat mir das erklärt."

Dann ging es wieder los, wieder mit verändertem Geräusch, aber kaum geändertem Verhalten Claudias.

„40. Dritte Staffel."

Conny zog das Höschen hinunter. Claudias Po strahlte bereits in herzerfrischendem Rot. Ich stellte mich so, dass ich Conny nicht behinderte, aber genau zu sehen bekam, welche Wirkung die Fliegenklatsche zeitigen würde. „Nochmal 20?" „Ist so vorgesehen. Warum?" „Kannst du bei 50 eine kurze Pause vorsehen?" „Warum das?" „Dann möchte ich auf die andere Seite und Claudias Gesicht beobachten."

Auch Conny nahm keinerlei Rücksicht darauf, dass Claudias Gesäß dem Leder nun völlig ungeschützt preisgegeben war. Ganz so gelassen wie Conny vor deren Abgang blieb Claudia allerdings nicht. Sie brachte kaum noch die Zahlen heraus und in ihren heftiger gehenden Atem mischte sich immer öfter ein „aua! Autsch! Au!"

Als Conny innehielt, flutschte ich auf die andere Seite des Tischs. Claudias Gesicht war der Stress, dem ihre Kehrseite ausgesetzt war, deutlich anzusehen. „Au! 51." Beim Auftreffen verspannte es sich zusätzlich.

Meine Männlichkeit ließ sich trotz allem Platz, das ich ihr gewährt hatte, kaum noch halten. Claudia sah genau drauf. Bei 55 brach der Damm. Ich konnte nicht anders. Ich berührte mein Häutchen, um es zurückzuschieben, und spritzte, unmittelbar nachdem ich es geschafft hatte, Claudia meinen ganzen Saft mit Druck ins Gesicht. Das war zutiefst befriedigend, obwohl ich keine Ahnung hatte, wie sie reagieren würde. Als Conny das sah, schien sie zu erschrecken. Die letzten Schläge führte sie trotz Claudias Wehgeschrei mit voller Kraft und wie ein Maschinengewehr durch. Es wurden auch mehr als 60. War sie durch mein Verhalten schockiert und wollte Claudia durch ungewöhnliche Schmerzen davon ablenken, sich zu empören? Dann hörte ich die Klatsche zu Boden poltern und sah, dass sich Conny unter das Latex griff. Sie stöhnte und krümmte sich. Mein Vorgehen hatte sie offenbar aufs Äußerste erregt.

Claudia keuchte, als hätte sie einen Marathonlauf hinter sich.

„Alles gut?" fragte ich sanft. Sie vermochte noch nicht zu antworten. Dann beruhigte sich ihr Atem und sie begann zu meiner Überraschung mit der Zunge die für diese erreichbaren Stellen abzulecken, die vom Sperma getroffen worden waren. „Conny?" Connys Stöhnen war leiser geworden und sie fragte zurück: „Was?"

„Du hast Recht."

„Womit…?"

„Männliche Samenflüssigkeit schmeckt besser als Muschikleister."

Conny war wie betäubt. Ihr Orgasmus war genau wie meiner sehr heftig ausgefallen. Nur die arme Claudia blieb auch heute zur Zuschauerin verurteilt. Ich nahm mir vor, das wiedergutzumachen. Ich wandte meine Aufmerksamkeit ihr zu. Sie hatte sich erhoben und rieb sich mit ihrer linken Hand den Po, während sie mit dem Zeigefinger der rechten Hand über die Stellen ihres Gesichts strich, an denen sie die klebrige Flüssigkeit spürte. Dann führte sie zu meiner Freude den Finger zum Mund und leckte ihn ab. Mir wurde leicht ums Herz. Ich hatte befürchtet, dass sie entrüstet ihre Klamotten packen und nach Hause davonrauschen würde. Jetzt sah es jedoch aus, als hätte ich ihr einen Gefallen getan. „Mehr finde ich nicht", sagte sie, „nun gut, ich muss mir sowieso irgendwann das Gesicht waschen. Hat aber noch Zeit."

„Und dein Hinterteil?" fragte ich besorgt.

„Was soll damit sein?"

„Conny hat's zum Schluss recht heftig getrieben. Ist dir nichts…?"

„Alex! Conny sagte dir schon das vorige Mal, dass Spankingwomen abgehärtet sind. Mein Po ist in Ordnung."

„Darf ich mal gucken?"

„Bitte."

Das Höschen war zwar noch unten, aber der Spankingrock hatte sich der Schwerkraft gebeugt und das fragliche Teil wieder bedeckt. Ich hob ihn hoch und betrachtete und befühlte sanft die heiße Fläche. „Suchst du 'was?"

„Verletzungen. Ich möchte sehen, ob sich eine Fliegenklatsche als Spankingmedium eignet. Hm. Dein Po glüht und seine appetitlichen Rundungen sind um einiges geschwollen, aber alles fühlt sich glatt an. Keine Striemen, verhärteten Stellen, Schrunden oder Blut. Brennt ein Bereich besonders?"

„Nein, alles harmonisch. Was hast du für Sorgen? Conny versteht ihr Handwerk."

Ich ließ den Rock fallen und stand auf. Mittlerweile hatte Conny ihre Wahrnehmungsfähigkeit wiedergewonnen und wirkte pikiert. „Vorigen Sonntag hast du um meinen Aller-wertesten keinen solchen Hype gemacht."

„Du hast auch nicht so gejammert."

„Conny ist widerstandsfähiger als ich", verteidigte Claudia mich und gleichzeitig sich. „Ihren kannst du nach Her-zenslust vollhauen; wenn sie nicht will, gibt sie keinen Mucks von sich. Ich schaff' das nicht. Du hättest dich um mein Geschrei nicht zu kümmern brauchen, das ist eher normal als Connys Verhalten. So, jetzt wasch' ich mir end-lich das Gesicht ab."

Claudia verschwand im Bad. „Du bist sauer?" „Nein, ich muss mich entschuldigen. Es war nur ein spontaner Eifer-suchtsausbruch, denn ich weiß, dass bei Claudia nichts passieren kann. Obwohl ich mich wundere, wie klaglos sie sich dein Zeug ins Gesicht hat schießen lassen." Conny trat zum Tisch und untersuchte seine Platte. „Wahnsinn, kein Tropfen daneben. Alles bei ihr 'rein." „Es war auch ein Wahnsinnsabgang." „Bei mir auch. Da hast du wirklich eine Leistung vollbracht." „Wir müssen uns revanchieren."

Bevor Conny Zeit zu einer Antwort fand, trat Claudia wieder ins Wohnzimmer. Sie hatte nicht nur alles gereinigt, sondern war sozusagen wieder in Zivil. „Bei Gelegenheit lass' ich dir mal so ein Heft zukommen, Alex, du weißt schon, mit Fotos von mir. Du wirst feststellen, dass alle Hautflächen in edlem Elfenbein schimmern, auch die, die im Augenblick Rückscheinwerfer spielen."

„Sie sind wirklich heiß", sagte Conny zu mir. „Ich bitte dich aber, sie dir nicht vorzunehmen und drüber zu wichsen. Wenn dir danach ist, sag' bitte Bescheid. Ich werd' dir um-gehend helfen."

„Glaub' ich gar nicht. Du weißt doch, Conny, dass mich völlig nackte Frauen wenig anmachen."

Claudia hatte unserem kurzen Schlagabtausch amüsiert zugehört. „Würd' mich interessieren, ob bei dir 'was pas-siert, Alex. Ich möchte nicht wissen, wie viele Männer in unbequemer Stellung onanieren und keine Ahnung haben, dass die Papierfrau ihrer Träume eine Lesbe ist.

Jetzt ist es Zeit, mich zu verabschieden."

„Kommt nicht in Frage", erwiderte ich, „mindestens bis zum Abendessen bleibst du. Es gibt nämlich eine offene Rechnung."

„Offene Rechnung? Wie meinst du das?"

„Conny und ich hatten bei beiden Sitzungen einen Abgang, ich vorigen Sonntag allerdings erst, als du schon weg warst. Und du?"

„Was ist mit mir?"

„Du gingst beide Male leer aus."

„Ich hab's mir zu Hause nachträglich schön gemacht."

„Glaub' ich, aber das ist kein Ersatz. Für heute bin ich ausgelaugt. Du bleibst dennoch und kommst nächste Woche wieder. Da besorgt's dir Conny. Sie wird sich 'was einfallen lassen, weil sie weiß, was dich anmacht. Außerdem gehen wir mal zusammen aus. Du hast deutlich mehr Qualitäten als nur die Spanking Lady zu spielen."

●

Claudia saß mit uns im Wohnzimmer. Hätte uns ein Unbeteiligter beobachtet, hätte er nichts geargwöhnt. Hätte er uns allerdings belauscht, wäre er über unser Thema verwundert gewesen.

„Ich hab' mir 'was überlegt", führte Conny aus. Wir hatten gemeinsam einen Plan ausgeheckt. Claudia spitzte die Ohren. „Es muss nicht immer Spanking sein; da haben wir die wichtigsten Punkte durch. Wir beide, Claudia, haben uns gegenseitig die Hintern vollgehauen und Alex hat beide Male zugeguckt, vorigen Sonntag mit großem Erfolg. Er weiß Bescheid und ist mit unserer Dreiecksbeziehung ausdrücklich einverstanden. Ich übrigens auch."

68

„Wie meinst du das?"

„Am Schluss war ich ein bisschen eifersüchtig, weil Alex sich um deinen Allerwertesten mehr Sorgen zu machen schien als um meinen am Sonntag davor. Er ist aber unerfahren und hat wirklich befürchtet, ich hätte dich zuschanden geschlagen, nicht zuletzt, weil ich ein Werkzeug benutzt habe. Das haben wir aber geklärt, das heißt, er hat's selbst geprüft." Conny lächelte mir zu. „Okay. Nun zu heute. Unsere Cunnilingus-Aktivitäten hab' ich dir ja lang und breit geschildert. Für mich ist's im Grunde egal, ob mich eine Männer- oder Frauenzunge leckt. Hauptsache, sie kommt tief 'rein und trifft die richtigen Stellen. Alex ist ein Virtuose. Es genügt, ihm hin und wieder ein ,mehr links, mehr oben' oder so zuzuflüstern." Diesmal lächelte sie mir richtig zärtlich zu. Dann wandte sie sich wieder an Claudia. „Das will ich dir aber nicht zumuten. Du wirst also wie immer mit meiner Zunge Vorlieb nehmen müssen. Allerdings möchte ich Alex ins Spiel bringen."

Wir genehmigten uns einen Schluck Kaffee, bevor Conny fortfuhr. „Du weißt, dass er es gern hat, wenn ich mich in meinem Jeansrock hinkniee und die Beine spreize. Dann – oder vorher – rutscht er unter mich, drückt den Kopf zwischen meine Schenkel und legt los." Ich wunderte mich nicht, dass Claudia das bereits wusste. Die beiden Frauen hatten keinerlei Geheimnisse voreinander. Das würde ich als Mann nie schaffen, das war mir klar.

„Ich habe nie begriffen, warum der Rock sein muss."

Das war mein Part. Ich wiederholte, was ich Conny zu Beginn unserer Aktivität gestanden hatte. „Ich liebe Miniröcke. Jedesmal, wenn ich eine Frau darin sehe, stell' ich mir vor, ihr drunter zu gucken oder zu fassen. Ich find' das viel anregender als völlig nackt. Ein Nacktbadestrand ist das Unerotischste, was es gibt. Conny weiß um meine Fantasieen und ich denke, auch du weißt das von ihr. Ich bin mir ziemlich sicher, dass ich nicht der einzige Mann bin, den solche Gedanken überkommen.

Wie dem auch sei, der beschriebene Cunnilingus versucht, meine Fantasieen Realität werden zu lassen. Nur gibt es einen winzigen Haken."

Conny übernahm. „Alex bedauert sehr, nicht gleichzeitig lutschen und mir zugucken zu können, wie ich komme. Er sieht nämlich Frauen gern zu, wenn sie's schön haben."

Claudia schaltete. „Ich glaube, ich verstehe. Ich übernehme deine Rolle und du die von Alex. Alex selbst kann dann den Zuschauer spielen.

Denkst du, das macht dich an?" wandte sie sich zu mir.

„Ich hatte eher Bedenken, dass du das nicht willst."

„Unsinn. Wenn ich dich schon zusehen lasse, wie mich Conny vermöbelt, hab' ich damit erst recht kein Problem."

„Einen Wunsch hätte ich zusätzlich."

„Hm?"

„Conny ist bei der Aktion oben ohne. Das nützt mir natürlich nichts, wenn ich drunter liege, aber unmittelbar danach hilft's sowohl Conny als auch mir. Ich denke, auch das hat sie dir erzählt."

„Hat sie. Also oben ohne. Ich glaube, ich kann meine Dinger zeigen."

„Und…." Jetzt druckste ich wirklich herum.

„'raus mit der Sprache!"

„Ich möchte natürlich auch – also ich muss mich irgendwie aufgeilen."

„Und? Mach' doch! Hast du nicht erlebt, dass du mir sogar dein Zeug ins Gesicht spritzen darfst?"

„Darf ich…, darf ich deine – Dinger – anfassen, drücken und kneten?"

Zunächst schwieg Claudia. Dann gab sie sich einen erkennbaren Ruck und erklärte. „Ich will ja auch Neues ausprobieren und muss sagen, dass ich, seit ich dich kenne, zu Männern ein weicheres Verhältnis hab' als vorher.

Was nicht heißt, dass ich mich von einem ficken lasse", erklärte sie Conny. Ich hatte das Gefühl, dass Claudia mit dieser Aussage ihre Freundin beruhigen wollte. Hatten sich nicht bereits beim vorigen Mal leichte Anzeichen von Eifersucht aus ihrem Versteck gewagt?

„Wenn wir alles hinter uns haben, hab' ich einen Vorschlag. Nicht zu irgendwelchen Sexpraktiken, sondern für unser zukünftige Leben."

Die beiden Frauen sahen mich erstaunt an. „Nicht jetzt. Erst das Projekt ‚Orgaszmus for Claudia'."

Auf meinen Wunsch legte Claudia Connys Jeansrock nicht in meinem Beisein, sondern im Gästezimmer an, bevor Conny und ich eintraten. Die Ähnlichkeit beider Frauen ist frappant. Wären nicht Claudias blonde Haare, Hände und Stimme beim ersten Satz, den sie sagte, könnte man sie verwechseln. Besagter Satz enthielt keine Überraschung. „Ich bin bereit."

Ich baute mich am Kopfende meines Messingbetts auf und Conny legte sich mit dem Rücken auf die Matratze, genau wie ich das sonst tue. Dann bestieg Claudia die Liegefläche, kniete sich aber nicht sofort hin, sondern blieb zunächst mit gespreizten Beinen über ihrer Freundin stehen. Das sah so sexy aus, dass es beinahe genügte, um mich kommen zu lassen.

„Das machen wir öfter", klärte Conny mich auf, „und zwar mal so und mal so. Wir finden es nämlich herrlich, uns gegenseitig unter die Röcke zu gucken.

Jetzt komm' aber, Claudia. Denk' an Alex und deinen Abgang."

Ich fand es atemberaubend zu sehen, wie sich die Ersatz-Conny über den daliegenden Kopf kniete. „Ich streng' mich an", versprach Conny, „es soll dich mehrfach durchgeilen."

Conny legte los. Durch die 69er-Übungen mit Claudia und mir wusste sie genauso gut wie oder besser mit ihrer Zunge umzugehen als ich. Rasch fing Claudia an, stoßweise zu atmen und zu stöhnen. Ihr Stöhnen wurde zum Dauerton und ich merkte, dass ihre einzelnen Wellen nicht mehr unterscheidbar waren. Ich hatte mich hingestellt und begonnen, meinem fünften Glied Gutes zu tun. Zunächst versuchte ich zu dosieren, aber das erwies sich angesichts der lustgeschüttelten Frau unmittelbar vor mir als vergebene Liebesmüh'. Dass ich ihren Busen begrabschen wollte, hatte ich zwar angekündigt, aber in Wahrheit hatte ich einen vorgeschalteten Plan. Ich dachte, dass ich heute genügend Druck für einen neuen persönlichen Weitstreckenrekord würde aufbauen können. Als ich soweit war, entließ ich meinen Hodeninhalt wie letzten Sonntag ins Freie, aber nicht in Claudias Gesicht, sondern auf ihre ‚Dinger'. Es prasselte so heftig auf Claudias Haut, dass eine beträchtliche Menge zurückspritzte. Egal, auf ihren Brüsten war genug Flüssigkeit verblieben. Ich trat näher und verteilte sie mit meinen Händen gleichmäßig über die Kugeln. Conny begannen die Kräfte zu verlassen, sodass auch Claudia ruhiger wurde, deren Lust sich offenbar allmählich legte und ihr Muße einräumte, sich um anderes zu kümmern. Sie sah interessiert an sich herunter und zu, was meine Greifwerkzeuge veranstalteten. Ihre Sprachfähigkeit kehrte zurück. „Ist nicht langsam alles genug verteilt?" fragte sie amüsiert.

„Das schon", erwiderte ich, „aber ich möchte deine Dinger noch solange genießen, wie es schicklich ist."

„Na, so richtig schicklich ist sowieso nicht, was du da anstellst." Es klang sehr theoretisch.

„Bitte. Noch ein bisschen. Es ist so schön."

„Okay." Die Ähnlichkeit von Claudias und Connys Vorbauten war beinahe gespenstisch. Im Dunkeln hätte ich sie nicht zu unterscheiden vermocht.

Conny war mittlerweile zu mir getreten. „Meine hast du noch nie mit deinem Zeug vollgekleistert." Es klang ein wenig neidisch.

„Stimmt. Aber ich wüsste nicht, wie das mit nur einer Frau gehen soll.

Zufrieden?" wandte ich mich an Claudia. „Soll ich dir eine Zahl sagen?" „Bitte." „Zwischen 16 und 20." „Boah!" „Es schüttelte mich eine Zeit lang ununterbrochen. Ich könnte genauso sagen: Nur ein einziger, aber gefühlt ewiger. Weißt du, dass mir der Unterleib weh tut?"

„Dank mir", brachte sich Conny in Erinnerung. „Was machst du jetzt mit deinen glitschigen Stoßdämpfern?"

„Soll ich dir 'was sagen? Bis das getrocknet ist, bleibt es dran." Claudia erhob sich.

Irgendwann hatte sie sich natürlich doch gereinigt und wir saßen kurz zusammen, bevor wir in das Restaurant auf-brechen würden, das wir uns anlässlich des heutigen Ab-schlusses für das Abendessen ausgesucht hatten.

„Ein halbes Stündchen haben wir noch", beschied Conny, „und ich erinnere mich an deine Ankündigung, Alex, was einen zukunftsweisenden Vorschlag angeht."

„Hier ist er." Ich hatte lange darüber nachgedacht und war überzeugt, damit sowohl Connys und meine Beziehung zu zementieren als auch die von Claudia und Conny auf eine sozusagen legale Basis zu stellen. Und – ich hätte dauer-haft Zugang zu Claudias verführerischer Altstimme. Ist das schon Treuebruch? „Conny, kannst du dir vorstellen, mit zwei Männern zu leben?"

„Wie bitte?"

„Ich denke, wie bei einem Schwulen- gibt es auch bei einem Lesbenpaar sozusagen einen Mann und eine Frau."

„Ein bisschen geht's in die Richtung."

„Und wer ist bei euch der Mann?" Conny sah zu Claudia hinüber.

„Das dachte ich mir. Wisst ihr, dass nebenan eine Woh-nung frei ist?"

„Was willst du damit sagen?" Connys Stimme klang ge-dehnt.

73

„Ich glaube, das ist klar. Wenn Claudia dort einzieht, wird alles leichter. Ich muss dich ohnehin mit ihr teilen. Aber während für mich ein anderer Mann ein Nogo wäre, sieht's bei dir, Claudia, anders aus. Was sagst du?"

„Hast du keinen Hintergedanken?"

„Ein bisschen schon. Ich war erstaunt, dass eine, die sich als Volllesbe bezeichnet, sich widerspruchslos, ich meine sogar mit Vergnügen, von männlichem Samen vollspritzen und dann auch noch vollschmieren lässt. Das bedeutet für mich, dass ich dich nicht anwidere."

„Und weiter?"

„Wir sollten uns auf einige Regeln einigen. Zu Deutsch: Wer darf mit wem und was? Ich hab' dir ja schon gesagt, dass ich Conny nie spanken würde, dazu hab' ich viel zu-viel Respekt vor ihr. Das bleibt dein Arbeitsgebiet. Es geht mir überhaupt nichts ab, wenn ich dich nicht vertrimmen darf. Zugucken macht mir Spaß und das erlaubst du ja. Dann sind wir in diesem Fall zu Dritt. Naja, ficken tun Conny und ich wie bisher. Wenn sie 'was Besonderes will, geht Conny zu dir. Und wenn du 'was Besonderes willst, kommst du zu uns. Das hat heute doch gut geklappt."

„Du akzeptierst, dass Conny und ich es weiter miteinander treiben?"

„Hab' ich doch immer. Bis vor drei Wochen, ohne es zu wissen. Ich finde die jetzige Situation hundert Mal besser. Es ist alles klar." Ich sah von Gesicht zu Gesicht. „Und?"

Eine Weile schwiegen die Frauen. Ich sah jedoch, dass sie Blicke austauschten. Ich war und bin mir bewusst, dass sie sich wortlos zu verständigen in der Lage sind. So tief wird mir nie vergönnt sein, in ihre Welt einzutauchen.

Conny holte Luft. „Eins hast du vornehm verschwiegen."

„Was?"

„Ich weiß nicht, ob es deine heimliche Hoffnung ist. Was Claudia betrifft, meine ich."

„Was?" Das war die Angesprochene. Alles hatte das stumme Gespräch also nicht zu klären vermocht.

„Du musst mir eins versprechen."

„Ich glaube, Conny, ich weiß was kommt."

„Und?"

„Ich darf Alex nicht bei mir 'reinlassen. Und Alex…"

„…darf es auch nicht versuchen", vervollständigte ich den Satz. „Das verspreche ich."

Conny holte nochmals Luft. „Ich glaube, das wär' alles. Ich fasse zusammen: Alles, was wir bisher gemeinsam getrieben haben, bleibt erlaubt. Claudia haben wir zwar als Mann definiert, aber nichtsdestoweniger hat sie unten ein Loch. Du darfst sie von mir aus spanken, wenn sie soweit ist – und sie wird bald soweit sein –, Alex, aber nie, nie mit ihr schlafen. Das hast du mir gerade versprochen und ich nehme dich beim Wort. Dafür verspreche ich dir, in Zukunft willig auf deine Wünsche einzugehen. Ich hab' deine Brüh' wahrhaftig auf Claudias Vorderfront aufklatschen hören, so hoch war der Druck. Ich…." Sie verstummte. Sie merkte, dass die Fantasie mit ihr durchzugehen drohte.

„Du lässt sehr viel zu, Conny. Ich danke dir."

„Du auch. Wir sind also einig?"

„So einig, dass ich einen Schritt weitergehen möchte. Wir sollten unsere Beziehung amtlich machen."

„Heißt das…?"

„Conny, möchtest du meine Frau werden?"

Ein Jauchzer war die Antwort. „Ja! Ja!! Ja!!!" Conny flog auf mich zu, drückte mich und küsste mich zum ersten Mal in Claudias Anwesenheit lange und innig. Dann löste sich ihr Mund von meinem. „Alex?" „Ja?" „Ich möchte nicht, dass mein Zweitmann außen vor bleibt. Darf ich?" „Warum fragst du? So ist's ausgemacht."

An diesem Tag eröffnete sich mir, wie erregend es ist, als Mann zu spannen, wenn sich zwei Mädels nicht nur partnerschaftlich ihre Hinterteile blankpolieren, sondern sich auch unter Einsatz ihrer Zungen intensiv abknutschen.

„Manche Ehe braucht einen Katalysator", philosophierte ich, „und der unserer künftigen heißt Claudia."

„Morgen rufen wir wegen der Wohnung an", bestimmte Conny, als sie wieder auf der Couch saß.

„Ich muss euch 'was beichten." Ich war mir ziemlich sicher, dass Conny und Claudia wussten, was gleich kommen würde. „Und was?" „Ich hab' sie bereits reserviert. Claudia braucht nur noch zu unterschreiben.

Es ist Zeit. Wir haben uns zur Feier des Tages ein opulentes Abendessen verdient."

Kerstin allein zu Hause

Kerstin hatte es endlich gewagt, das Teil bei einem Onlinehändler zu bestellen. Die Packer brachten es in ihre Wohnung.

„Wo soll es hin, junge Frau?"

„Stellen Sie's einfach mitten ins Zimmer. Ich hab's mir noch nicht so genau überlegt." Lieferschein, Unterschrift und das Ding gehörte ihr. Sie betrachtete den Karton. Hoffentlich stand da nirgends.…

‚Hochdruckwedel' war die äußerliche Bezeichnung. Ob da jemand etwas draus schließen konnte? Zu ändern war sowieso nichts mehr. Zitternd begann sie die Verpackung zu öffnen. Nach getaner Arbeit sah Kerstin ein rotes Metall-/Plastikgerät drin ruhen. Es erwies sich als schwer, aber Kerstin ist eine kräftige Frau und mit Mühe gelang es ihr, es über den Papprand zu hieven und sanft auf dem Fußboden abzusetzen.

Hoffentlich funktionierte es. Kerstin hätte sich nicht getraut, bei dieser Neuerwerbung Regress geltend zu machen. Ungeduld hin, Ungeduld her: Sie beseitigte zunächst die Aufkleber mit ihrer Anschrift, um sie später zu zerschnetzeln und zerlegte die unhandliche Kartonage in so kleine Stücke, dass diese in ihren Beutel für Altpapier passten.

Dann wandte sich Kerstin endlich ihrer Beute zu.

Zunächst betrachtete sie die Accessoires. Eine Gerte, ein Stock, ein Paddel und eine Art Fliegenklatsche. Aus dem Bauch heraus entschied sie sich für das Paddel als geeignetstes Medium. Gerte und Stock bargen Verletzungsgefahr oder zumindest, dass Schwielen zurückblieben, und die Fliegenklatsche wäre nur einseitig einsatzfähig. Dennoch gedachte sie zumindest auf der Stufe ‚leicht' alles auszuprobieren.

Kerstin steckte den Stecker in die dafür vorgesehene Dose und stellte auf ‚an'. Die Maschine begann zu summen. An einer Seite ragte ein Arm heraus, für den die Accessoires vorgesehen waren. Kerstin ritt der Teufel und sie steckte die Gerte hinein. Wie weiter? Ach, da lag ja eine Fernsteuerung. Sie fummelte ein wenig daran herum und der mechanische Arm führte rhythmische Schwenkbewegungen aus. Kerstin stellte die Funktion wieder ab.

Jetzt musste sie nur noch eine geeignete Position finden. Sie besaß eine schwere Bank, die zum Gewichtheben gedacht war. Sie müsste die richtige Höhe haben. Außerdem fiel der Apparat inmitten der Fitnessgeräte nicht besonders auf. Sollte doch jeder Besucher glauben, es handele sich ebenfalls um ein solches. Ist's ja auch, dachte Kerstin amüsiert. Nur für eine besondere Art von Fitness.

Sie wuchtete die Maschine in die Position, von der sie meinte, dass sie passte. Der Arm war höhenverstellbar und Kerstin probierte herum, bis er leicht oberhalb der schwarzen Fläche entlangfuhr.

Keine Ausreden mehr, dachte Kerstin, es ist soweit. Sie nahm die Fernsteuerung zur Hand und beugte sich über die Bank, sodass ihre Unterschenkel auf dem Boden auflagen, ihre oberen eine Senkrechte bildeten und ihr Gesäß frei in den Raum ragte. Ihren Oberkörper stützte sie auf den Unterarmen ab, denn sie musste ja die Steuerung bedienen.

Sie stellte auf ‚einzeln, leicht'.

Die Gerte traf, ohne dass Kerstin übermäßig Schmerz empfand. ‚Leicht' konnte sie zur Aufwärmphase nutzen. Allerdings war der Arm zu tief eingestellt.

Sie richtete ihn neu aus und positionierte sich wieder. Super, genau mitten drauf! Sie stellte auf ‚einzeln, mittel'.

Boah, das zog schon deutlich besser. Sollte sie ‚stark' wagen? Na gut, einer konnte nichts schaden.

Der Hieb war deutlich hörbar, als er auftraf. Kerstin hielt kurz die Luft an. Der hatte wirklich gesessen! Ob sie den auf den Nackten wollte, musste sie sich gut überlegen, denn aktuell war sie mit Slip und Jeans untenherum vollständig bekleidet.

Kerstin probierte weiter. Das Paddel wies ein Einkerbung auf, sodass es nicht anders als genau senkrecht in den Arm passte. Sie drückte auf ‚zehn, mittel' und ‚Frequenz: 5 Sekunden'.

Nach jedem der ersten Schläge justierte Kerstin sich selbst, bis sie wusste, wohin sie ihren Po zu schwenken hatte, damit beide Backen synchron getroffen wurden. Nach dem vierten hatte sie es 'raus. Zufrieden wartete sie ab, bis das Programm geendet hatte. Danach erhob Kerstin sich, steichelte mit jeder Hand die passende Rundung und freute sich. Das kribbelte richtig gut.

Da Kerstin nun den Winkel wusste, veränderte sie das Programm auf Drei-Sekunden-Rhythmus. Außerdem behielt sie als Schutz nur ihr Höschen.

Es klatschte herrlich und jeder Aufprall saß, aber Kerstin merkte, dass es ganz schön pfiff. Jedes Mal war ihr ein undisziplinierter heftiger Atemstoß entwichen.

Wie weiter? Kerstin beschloss, aufs Ganze zu gehen: ‚Zehn, hart, Frequenz 3 Sekunden'. Was soll's, dachte sie, genügend vorgeglüht ist er ja. Aber: Höschen anbehalten oder ganz frei? Auch hier ging Kerstin aufs Ganze und entblößte ihren Unterleib.

Es war eine richtige Tracht Prügel. Kerstin hob und senkte ihre Kehrseite zwischen jeder Aktion leicht, damit deren ganze Fläche gleichmäßig bedient wurde. Sie schloss die Augen und versuchte sich vorzustellen, wie eine Männerhand....

Die Zehn waren vorbei. Der Po brannte lichterloh. Kerstin rannte ins Bad und begutachtete in ihrem Eckspiegel das Ergebnis. Welch' herrliches, harmonisch verteiltes Dunkelrosa! Ihr erogener Vorderbereich hatte bereits zu jucken begonnen, sodass wenige Handgriffe genügten, um die Lust zu vollenden. Kerstin atmete heftig wie nach einer sportlichen Anstrengung. Eigentlich ist's ja auch eine, dachte sie.

Kerstin nahm sich die Bedienungsanleitung vor. Aha, man konnte den Arm veranlassen, während der Prozedur ständig einige Zentimeter auf und ab zu fahren, damit die Abdeckung gewährleistet ist, ohne dass sich die Delinquentin ständig bewegen muss. Außerdem war es möglich, mehrere unterschiedliche Rhythmen einzuprogrammieren. Sie überlegte. Vorwärmen ist nötig, dachte sie, aber nach zehn kann's losgehen. Also richtete sie ‚zehn, leicht, Frequenz 5 Sekunden‘, danach ‚zehn, mittel, Frequenz 3 Sekunden‘ und für den Abschluss ‚20, hart, Frequenz 2 Sekunden‘ ein. Dann hätte sie 40, genau ihr Alter. Praktisch ein tägliches Geburtstagsspanking, dachte Kerstin.

Wann und wie oft? Im ersten Impuls hatte Kerstin ihre Abreibung für den Abend vor dem zu Bett gehen vorgesehen, befürchtete aber nach einigem Nachdenken, dass sie das wach halten könnte. Wach? Wann brauchte sie das? Klar, morgens vor dem Büro! Die drei Minuten Zeit hatte sie allemal und während der Arbeitszeit würde ihr niemand die Jeans 'runterziehen. Bis abends war ja alles wieder abgekühlt. Beinahe verliebt betrachtete sie ihre neue Spankingmaschine.

Am Abend legte sich Kerstin zum ersten Mal mit dem Gedanken schlafen, dass sie sich auf den Weckeralarm freute. So erfrischt, wie es ab morgen der Fall sein würde, hatten ihre Kollegen sie bisher nicht erlebt.

Barbaras Sauna

Ich stand vor dem schicken Appartmenthaus. Die Klingelleiste zeigte den richtigen Namen. Es war immer noch wie ein Märchen. Vorsichtshalber überflog ich die handgeschriebene Mitteilung kurz ein weiteres Mal: ‚Lieber Robert. Besuch' mich bitte am Samstag, 15:00 Uhr bei mir zu Hause. Der Grund ist eine kleine, intime Feier. Gruß Barbara.' Darunter die Adresse. Die, vor der ich stand. Kein Zweifel.

Am Mittwoch war ein Mail eingetroffen, in dem es kurz und bündig hieß: ‚Schau' in deinen Postkasten. Barbara.' In unsere Schreibtische ist ein privates Fach eingebaut, das durch einen Schlitz wie bei einem Briefkasten für andere zugänglich ist. Öffnen kann es allerdings nur der Besitzer.

Das tat ich und fand das oben wiedergegebene Schreiben. Barbara ist eine Kollegin von mir, mit der ich selten zu tun habe. Eigentlich arbeiten wir in verschiedenen Branchen und Produktgruppen, aber ab und zu führt uns eine übergreifende Sitzung zusammen. Ich konnte mich nicht erinnern, ob wir je ein privates Wort gewechselt hatten. Ich erinnere mich allerdings sehr gut an ihr Aussehen. Erst vorige Woche….

Ich klingelte. Barbara wohnt im zweiten Stock und empfing mich in einem weiten Sommerkleid. Ihrem Brief nach waren wir per Du und Barbara zierte sich nicht. „Hallo Robert, komm' 'rein. Ich war überzeugt, dass du pünktlich bist."

Ich trat ein. Ich brachte es nicht fertig, so zu tun, als wären wir alte Freunde. „Hallo Barbara", antwortete ich steif, „schön, bei dir zu sein."

Barbara hat eine angenehme Art, Hemmungen abzubauen. Als wir beim Kaffee saßen, hatte sich der Wir-sind-alte-Freunde-Effekt eingestellt. Wir hatten uns zunächst über Belangloses unterhalten, das heißt über unseren Arbeitgeber. Nun wechselte Barbara allmählich ins Konkrete.

„Du kannst dir vorstellen, dass ich so einen Inhalt nicht ins Netz stelle. Wir brauchen uns wohl nichts vorzumachen, dass ein halbwegs neugieriger Systemler da nicht dran käme." Sie sprach von dem handgeschriebenen Brief.

„Völlig richtig, ich sehe das genauso. Ich weiß aber nicht, was der Inhalt des Inhalts ist."

„Warum ich dich hergebeten habe? Zunächst ein Geständnis: Du bist der oberste Eintrag einer Liste, die ich vorvorige Woche erstellte."

„Vorvorige Woche? Da bist du ziemlich viel im ganzen Gebäude herumgelaufen. Und dabei hast du eine Liste erstellt?" Im ganzen Gebäude herumgelaufen, aber wie! Es war sehr heiß gewesen und Barbara, die mir vorher nie durch ein spezielles Outfit aufgefallen war, hatte das genutzt. Unsere Mitarbeiterinnen sind gehalten, während der Arbeitszeit nicht allzu aufreizend aufzutreten: Röcke bis kurz über das Knie und kurzärmelige T-Shirts gelten als Grenze. An jenem Tag – einem Mittwoch, wenn ich mich recht erinnere – hatte Barbara die inoffizielle Kleiderordnung souverän missachtet. Knappe Jeans, deren Beininnenlänge den Zentimeter keinesfalls überschritt und ein ebenso enges T-Shirt hatten alle männlichen Köpfe herumfahren lassen, manche so unauffällig, wie es ihnen möglich war, und manche unverhohlen. Ich gebe zu, dass ich zur zweiten Kategorie gehört hatte. Dann war Barbara noch einmal vorbeigekommen und hatte sich ausgerechnet in meiner Sichtachse gebückt, um sich die Schuhe zuzubinden. Was für ein…!

„Genau da. Meinst du, irgendein Mann hat mich übersehen?"

Ich schüttelte den Kopf. „Die Frauen übrigens auch nicht", gluckste Barbara, „aber aus völlig anderen Gründen. Wenn Blicke töten könnten…."

„Ich denke, die Geschichte geht weiter", bohrte ich.

„Du wirst sie vollständig hören. Ein bisschen Geduld bitte. Ich muss überlegen, wo ich anfange. Zunächst: Wonach hast du geguckt?"

Ich druckste herum. „Los, keine Angst. Ich habe für alles Verständnis."

„Als du dir die Schuhe zubandest, war dein Po unübersehbar."

„Da war ich schon am Ende meines Tests und du hattest die Pole-Position eingenommen. Das Ergebnis ist der Brief.

Worauf schauen Männer bei einer Frau?"

„Das ist wohl Geschmackssache. Busen, Po, Beine. Ein bisschen kommt's darauf an, was geboten wird."

„Und ich hab' an jenem Mittwoch alles geboten."

„Genau."

„Ich wollte genau wissen, wer wohin guckt. Weißt du, dass Frauen hinten Augen haben? Ich wollte die Po-Spanner herausfinden."

„Hm." Das war mir ein bisschen peinlich. „Ich hab' demnach gewonnen?"

„Ja. Weißt du, ich suche seit 25 Jahren den, der mir einen bestimmten Dienst leistet."

„Jetzt machst du mich neugierig."

„Ich war damals in der Oberstufe. Statt uns unseren Hausaufgaben zu widmen, traf sich meine Clique im Sommer im Schwimmbad. Da waren natürlich Badehose und Bikini angesagt. Wenn es wirklich heiß war, bevölkerten wir die Wiese, ohne uns anzukleiden. Eines Tages standen wir herum und wussten nicht, ob wir noch einmal ins Wasser oder allmählich nach Hause gehen sollten, um uns endlich mit der Differentialrechnung herumzuschlagen. Da die anderen immer weiter palaverten, sprang ich schnell noch einmal ins Becken. Als ich zurückkam, war ich logischerweise als einzige klatschnass. Einem namens Toni hatte ich halbwegs meine Kehrseite zugewandt und das war zu verlockend für ihn. Er knallte mir mit voller Kraft einen hinten drauf.

Die anderen lachten und ich tat pflichtgemäß empört. Ich war es aber gar nicht, sondern eine wohlige Wärme durchlief meinen Körper und ich wünschte mir sehnlich, weiter geschlagen zu werden. Natürlich ging das in dem rappelvollen Bad nicht.

Das Verrückte ist, dass die Gelegenheit nie wieder kam. Wir bestanden unser Abitur – trotz Schwimmbad – und verstreuten uns in alle Winde. Mich verschlug's hierher und hier bin ich."

„Und wartest…."

„Ich hatte den einen oder anderen Freund, aber keiner ließ die Gelüste erkennen, die ich von ihm erhoffte. Vorvorigen Mittwoch ging ich auf die Suche."

„Hm. Ganz falsch liegst du nicht. Bei mir ist es umgekehrt. Ich möchte immer, aber bei den Freundinnen, die ich ab und zu hatte, traute ich mich nicht. Die waren alle hochintellektuell."

„Vielleicht hast du dich getäuscht. Aber umso besser für mich. Du hast es begriffen: Ich biete dir meinen Po an. Aber…."

„Aha, jetzt kommt das Aber."

„Ich möchte ein Sahnehäubchen. Klar, ich kann mich über irgend ein Möbel bücken und du haust drauf. Nun ist es aber so, dass der eine einzige Schlag, den ich je im Leben empfangen hab', das Ganze mit Wasser verbindet.

Komm', ich zeig' dir 'was."

Barbara führte mich zu einer Holztür neben der Toilette, die ich schon kennengelernt hatte, und öffnete sie. „Eine Sauna!" „Richtig. Ich hab' die Wohnung gemietet und sie war drin." „Benutzt du sie?" „Nicht für das, für das sie eingerichtet wurde. Sie bietet nämlich einen Vorteil."

Wir waren eingetreten. Ich sah mich um. Die Einrichtung war karg; zwei Holzpritschen übereinander und ein elektrischer Ofen mit der Möglichkeit, einen Aufguss zum Verdampfen zu bringen. Soweit ich sah, war die Anlage nicht in Betrieb. Nur in einer Ecke stand unter einem Hahn ein Eimer mit Wasser, an dem ein Henkelbecher hing.

„Warm genug ist's hier drin, auch ohne dass der Ofen an ist."

„Zum Glück, denn hier soll's passieren. Hier kann's ruhig nass werden; das ist ihr Vorteil. Ziehst du dich bitte aus?"

„Und du?"

„Ich auch, aber nicht ganz." Barbara entfernte sich das Sommerkleid über den Kopf. Außer einer Badehose war es das einzige Kleidungsstück, das sie angehabt hatte. Ich betrachtete bewundernd ihren Busen. „Der kommt später dran. Erst gibt es Arbeit für dich. Was sagst du dazu?" Sie drehte sich um und bückte sich ein wenig, indem sie sich auf den Knieen abstützte.

„Soll ich?" „Noch nicht. Ich sagte doch, es braucht Wasser. Dort steht's." Barbara zeigte auf den Eimer. „Welche Pritsche?"

„Die obere." Ich wusste nicht recht, was das bedeuten sollte. Barbara legte sich flach auf die angewiesenen Bretter. Auch in dieser Pose bildete ihr Hinterteil eine ganz schöne Hügellandschaft. „Jetzt gieß' mir Wasser aus dem Eimer über den Po, möglichst mit wenig Überlauf."

Ihr Schutz war kein übliches Bikinihöschen, sondern bedeckte ihre mittig gelegenen Reize zur Gänze. „Das ist die Badehose von damals. Bei so knappen Dingern wie heute üblich kann man genausogut gar nichts anhaben. Mach'!"

Ich füllte den Henkelbecher und nässte die Rundungen, bis die Hose über ihnen dunkel wurde. „Jetzt?" „Bitte!"

Bisher hatte mich außer der durch das Wasser gezeichnete Stoff über Barbaras Gesäß wenig angemacht, aber als meine Hand ins Nasse klatschte, änderte sich das.

„Wollen wir eine Zahl ausmachen?" „Nein. Wenn es nicht mehr spritzt, gießt du nach. Das kühlt immer aufs Neue und ich denke, dass ich so ganz schön 'was aushalte."

Wie immer dienten die ersten zehn dem Aufwärmen. Dann machte ich ernst. Je nachdem, wie frisch gerade der Aufguss war, spritzte es mir bis ins Gesicht zurück. Immer wenn der Po wärmer wurde, begoss ich ihn und seine Temperatur sank kurzzeitig. Auf die Idee war wohl noch niemand gekommen. Nur die sich trotz der Sonderbehandlung nach und nach erwärmenden Backen bewiesen, dass ich einen Menschen aus Fleisch und Blut unter mir liegen hatte, denn Barbara verhielt sich mucksmäuschenstill. Nicht einmal ihr Atem hatte sich erkennbar beschleunigt.

„Sag' mal, lebst du noch?" „Natürlich. Wie kommst du auf die Frage?" „Du bist so still. Wie geht's überhaupt?" „Gut. Mach' weiter."

Langsam näherte ich mich der Erschöpfung. Ich hatte Barbara bisher sicher schon hundert Mal hinten drauf geknallt und sie schien immer noch nicht genug zu haben.

„Tut's denn weh?" „Höllisch." „Soll ich aufhören?" „Naja, allmählich. Mach' nochmal zehn, nein, sagen wir 20."

Die schaffte ich gerade noch. Ich atmete keuchend, als hätte ich die Schläge empfangen. Barbara hingegen lag da, als wäre sie gerade aus dem Schlaf erwacht.

„Jetzt will ich wenigstens das Ergebnis wissen." „Wie meinst du das?" „Heb' bitte deinen Po."

Barbara tat wie geheißen und ich zog die Hose zu ihren Kniekehlen hinunter. „Ganz umsonst war's nicht." „Du sprichst in Rätseln." „Gleichmäßig dunkelrot."

Ich befühlte ihre Hinterbacken. Sie glühten trotz der permanenten Taufe. „Was stellst du da an?" „Brauchst du 'was? Eine Salbe oder so?" „Nein."

Ich hatte das Gefühl, Barbara wollte gar nicht mehr aufstehen. Irgendwann tat sie es aber doch, streifte die Hose ganz ab und warf sich das Sommerkleid wieder über. „Ich denke, bumsen willst du mich nicht hier."

Irgendwann war mein Kleiner recht groß geworden und war es noch. „Wir sollten uns beeilen." „Komm'!"

Barbara führte mich in ihr Schlafzimmer, kniete sich mit gespreizten Beinen vor ihr Bett und stützte ihren Oberkörper mit den Armen ab. „Hündchen?" „Okay."

Ich kniete mich hinter sie und schob das Sommerkleid über ihr Gesäß, sodass mich ihre flammende Rückpartie in voller Schönheit anlachte. Da Barbara um einiges kleiner als ich ist, war mir vergönnt, den Hauptvorteil der Hündchen-Position zu nutzen. Ich erreichte mühelos ihre Brüste und begann diese durch den Kleiderstoff intensiv zu kneten. Gleichzeitig bohrte ich mich in ihre Muschi und spritzte meine aufgestauten Gefühle in sie hinein. Als mein Verlangen gestillt war, rutschte ich einige Zentimeter zurück. Barbara richtete sich auf. „Warte, ich dreh' mich 'rum, dann geht's besser." Beinahe teilnahmslos sah sie an sich herunter, um meinen Fingern bei ihren Aktivitäten zuzuschauen.

„Sag' mal, Barbara…." „Was?" „Empfindest du eigentlich gar nichts? Sei nicht böse, aber du lässt dich erst durchhauen und dann durchnudeln, ohne dass du irgendwelche Emotionen zeigst. Bin ich nicht dein Typ?"

„Nimm's mir nicht übel, Robert", antwortete sie, „aber ich bin enttäuscht. Nicht von dir: Ich kann mir nicht vorstellen, dass es ein anderer besser gemacht hätte. Nein, ich habe erkannt, dass es sinnlos ist, die Uhr ein Vierteljahrhundert zurückdrehen zu wollen. Was ich als prickelnd im Kopf hatte, hat seinen Reiz verloren. Leider hat auch unser Fick darunter gelitten. Ich hoffe, dass du ihn trotzdem ein bisschen genossen hast."

„Naja, meinen Abgang hatte ich, sogar einen heftigen. Aber warum hast du das mitgemacht?"

„Ich musste dich doch belohnen."

„Das ist Unsinn, Barbara, entschuldige. Da kann nichts bei 'rauskommen. Du hättest mir ruhig in der Sauna sagen können, dass du keine Lust hast. Jetzt fürchte ich, dass du mich in schlechter Erinnerung behältst."

Barbara löste meine Hände von ihren Brüsten, trat einen Schritt zurück und stellte sich mit leicht geöffneten Beinen vor mich.

„Nein, ganz sicher nicht. Schau' mal."

Ich schaute und sah, dass mein Sperma gerade den Rocksaum unterschritten hatte und auf den Innenseiten ihrer Waden hinunterlief.

„Hast du das gern?"

„Du wirst's nicht glauben, ja. Ich wisch' das Zeug sowieso nicht 'raus, bevor ich ins Bett gehe. Theoretisch könnte ich acht Stunden danach davon noch schwanger werden, solange bleibt es da drin frisch. Die Schenkel mach' ich jetzt aber sauber und dann trinken wir zusammen einen abschließenden Kaffee."

Barbara bot mir zum Abschied ihren Mund, aber richtig innig wurde auch dieser Kuss nicht. Wir verabschiedeten uns in aller Freundschaft. Ich winkte zurück, als ich den Treppenabsatz erreichte. Das Wissen, dass Barbara ohne Höschen und mit immer noch verklebter Muschi in der Tür stand, wertete das fragwürdige Date nachträglich auf.

Sie blieb eine gute Kollegin, aber mehr erwuchs nicht aus der Affäre. Nur, wenn ich ihrer ansichtig werde und mich unbeobachtet fühle, werfe ich einen Blick auf ihren Po und denke daran, wie er einst unter meiner Hand federte.

Einmal blitzte kurz die Erinnerung an jenen Tag auf, als sich Barbara während eines solchen vermeintlich unbeobachteten Augenblicks unvermittelt umdrehte und mir ins Gesicht lachte. „Du weißt doch, Robert, dass Frauen hinten Augen haben."

Petra als Testperson

Helga vom Empfang meldete sich. „Gerd, deine Dame ist da." Sie klang ein wenig spitz. „Danke. Ich hole sie sofort ab."

Ich fuhr nach unten und sah sie schon, als ich dem Fahrstuhl entstieg. Sie trug das leichte, weite Sommerkleid, das wir angefordert hatten. Es endete kurz über dem Knie und ließ seine Trägerin unauffällig aussehen.

„Guten Tag. Ich bin Gerd." „Guten Tag, Petra."

Wir gaben uns die Hände. Ihre Verblüffung über die Umgebung, in die sie bestellt worden war, war unübersehbar. „Kommen Sie bitte in mein Büro."

Wie sie sich darin umsah erinnerte an ein scheues Reh. Sie sagte nichts. „Bitte setzen Sie sich doch." Ich war gewillt, ihr zu helfen. „Sie sehen irritiert aus. Kann ich etwas für Sie tun?"

Petra räusperte sich. „Nun ja, zunächst Mal war ich erstaunt, dass ich von Neun bis Fünf, also zur normalen Bürozeit, zur Verfügung stehen soll. Das ist ungewöhnlich und darüber hinaus sehr lange."

„Es gibt selbstverständlich Kaffeepausen und auch eine einstündige über Mittag."

Zum ersten Mal lächelte Petra. „Das meinte ich nicht. Ich meine… – ich meine, ich geh' keinem Sekretärinnenjob nach."

„Ich weiß natürlich, wofür Sie hier sind. Ich kann nicht sagen, ob wir Sie die ganze Zeit brauchen. Eike, unser Regisseur, ist allerdings heikel und wenn ihm eine Einstellung nicht passt, lässt er sie zur Not 15 Mal wiederholen."

„Regisseur?" Das scheue Reh meldete sich wieder.

„Keine Angst, wirklich keine Angst. Sie sehen, dass wir hier eine seriöse Firma sind. Wir produzieren gewöhnliche

Elektrogeräte wie Staubsauger, Heckenscheren, Kettensägen...." „Kettensägen?" „Um Himmels Willen, da hab' ich 'was ganz Blödes gesagt. Bitte vergessen Sie das sofort wieder. Es sollten nur Beispiele sein. Worum es hier geht, ist ein völlig anderes Produkt. Ich möchte aber zuerst die Vertragsbedingungen durchgehen."

Diese Aussage bewog Petra zum Lachen. „Vertragsbedingungen?" „Verträge bedürfen keiner schriftlichen Form. Wir können aber auch Regeln dazu sagen. Sie wissen ungefähr, was Sie erwartet?"

„Meine Puffmutti sagte etwas von Spanking."

„Sie wissen, was das ist?"

Jetzt lachte Petra schallend. „Was glauben Sie, was mein Beruf ist?" Sie wurde wieder ernst. „Entschuldigung, ich darf mich über meine Freier..., äh, Auftraggeber nicht lustig machen. Entschuldigen Sie bitte."

„Das macht doch nichts. Ich bin froh, dass Sie sich zu entspannen scheinen. Ich hoffe, das macht's leichter."

„Langsam bin ich neugierig, was du..., äh, Sie mit mir vorhaben. Nochmals entschuldigung, ich bin nicht gewohnt, meine Kunden mit Sie anzureden."

„Das brauchst du auch hier nicht. Die Knilche von der Technik, der Informatik und wir vom Marketing duzen uns ohnehin alle. Für heute bist du eine Kollegin von uns.

Jetzt aber zu den Regeln. Spanking, klar. Was hat das mit einem Betrieb für Elektrogeräte zu tun? Das verrate ich dir bald, aber zunächst möchte ich wissen, ob du öfter mit einer solchen Anforderung konfrontiert wirst."

„Ziemlich oft sogar. Du glaubst gar nicht, wie gern Männer Frauen den Arsch..., äh, den Hintern versohlen. Zwei Drittel von denen sind verheiratet, aber deren Frau lässt's nicht zu. Erstaunlich viele von denen besuchen uns mit Einverständnis ihrer Frau und ab und zu kommt sogar eine mit. Das kostet natürlich Aufschlag, denn die Rate ist pro

Person. Das gilt auch, wenn mich mehrere Männer durch-klopfen wollen."

„Es gibt ja die tollsten Sachen." Ich hörte gerade Nach-richten von einem fremden Stern. „Aber sag' mal, gibt's das nicht auch umgekehrt?"

„Mindestens genau so viel. Aber das machen unsere Do-minas. Ich hätte keine Ahnung, was ich da anstellen sollte. Ich gehe als Delinquentin."

„Immer?"

„Nein. Spankinganforderungen machen vielleicht zehn Prozent aus. Bei den meisten ist's das Übliche: Beine breit, 'reinschießen lassen und fertig. Das ist auch einiger-maßen billig. Wenn aber eine kommt – Spankinganfor-derung, meine ich –, schickt Mutti meistens mich. Aus der Zahl meiner Stammkunden schließe ich, dass mein Po dafür geeignet ist. Mittlerweile bin ich auch gut abge-härtet." Wie Petra so redete, war mir klar, dass sie ihre Rolle gefunden hatte. Das Thema war ihr vertraut.

„Okay. Du bist sicher gespannt, was du eigentlich hier tun sollst, aber das werde ich dir nicht erzählen, sondern gleich zeigen. Vorher aber noch ein paar Fragen, damit alle eventuellen Missverständnisse ausgeräumt sind."

„Bitte."

„Ich habe einen weiten Rock angefordert und das hast du auch an. Bekommst du dein Outfit normalerweise vorge-schrieben?"

„Nicht immer, aber es kommt vor. Ich find's immer ulkig, was die Typen so wollen. Knackenge Spankingröcke aus Leder oder Latex, die mit Mühe das Höschen bedecken, sind natürlich am häufigsten. Es gibt aber auch Bedarf an weiten, schwingenden Röcken – wie heute – oder figur-betonten Jeans oder Lederhosen, meistens kurzen, aber nicht unbedingt."

„Fesseln?"

„Is' nicht. Ich möchte mich der Sache jederzeit entziehen können."

„Wie weit darf ein Freier gehen?"

„Bekleidet sowieso, aber die meisten wollen auf den Nackten. Kostet einen halben Riesen mehr, aufs Höschen die Hälfte. Flache Hand und flache Hilfsmittel sind Standard. Das sind Paddel, Fliegenklatsche und Haarbürste. Bei Ästen, Ruten und Kochlöffeln wird's grenzwertig, lasse ich aber bis zu einem gewissen Grad und gegen Aufpreis zu. Peitschen und Lederriemen sind tabu. Natürlich verlasse ich meinen Spankfreier mit brennendem Hintern, und wenn ein paar Striemen dabei sind, ist's auch okay. Sobald aber Blut fließt, ist's aus. Mutti bringt jede Verletzung unnachsichtig zur Anzeige, da hilft auch kein Geld mehr. Übrigens lässt sie maximal einen Spank pro Tag zu. Sie verlangt, dass meine Rückseite bis zum nächsten Mal vollständig regeneriert ist und prüft das auch. Wenn tatsächlich kurz hintereinander zwei Anfragen eingehen, muss für die zweite halt eine andere 'ran."

Ich überdachte unsere Anforderungen. „Ich denke, das sollte alles gehen. Wie sieht's mit filmen aus?"

„Wollen viele und geht gegen einen Riesen mehr auch. Mein Gesicht bleibt außen vor, das kontrolliere ich hinterher. Meistens befestigen meine Kunden ihren Camcorder auf einem Stativ und lassen ihn während der Prozedur laufen. Daraufkommen soll, wie meine Kehrseite rot und röter wird, und das geht in Ordnung. Logisch, warum die Kerle das machen. Dann können sie sich ihr Machwerk immer wieder anschauen und sich dabei einen wichsen. Das spart künftige Nuttenkosten. Daher der hohe Zuschlag."

„Hm." „Was ist?" „Das mit deinem Gesicht. Wir wollen es nämlich mit drauf."

Petra zog einen Schmollmund. „Dir ist bewusst, dass mir das schwerfallen würde, denke ich. Es würde mich entwerten. Muss das sein?"

„Man könnte darauf verzichten, aber dann wäre unser Film schwächer. Ich glaube, es wird Zeit, dass ich dir zeige, was genau dich erwartet. Komm' bitte mit in unser Studio."

Bevor Petra mir hinein folgte, blieb sie auf der Schwelle stehen. „Oh, noch zwei Männer."

„Ich weiß, was in deinem Kopf vorgeht, Petra", sagte ich. „Sei unbesorgt. Deine Mutti hat uns eine Preisliste geschickt, aber die ist hinfällig. Du bekommst für heute den Tagessatz einer Filmschauspielerin. Hinter der Kamera steht Peter und da hinten sitzt Eike, unser Regisseur."

Petra brachte kaum ihr „Guten Tag!" heraus, als sie Peter und Eike die Hand gab. Der Tagessatz einer Schauspielerin ließ sie nicht los. Sie zappelte ein bisschen herum, bevor sie „wieviel ist das denn?" herausbrachte. Ich sagte die Zahl. Daraufhin brach Petra in Tränen aus. Ein Lottogewinn für eine durchschnittliche Kleinstadtnutte! Sie versuchte ihre Augen mit einem Taschentuch zu trocknen und erklärte schluchzend: „Entschuldigt, ich soll hier ja 'was arbeiten. Ich bin auch gleich soweit. Ich möchte euch auf keinen Fall enttäuschen."

Sie sah den Nachnamen auf Eikes Regisseurstuhl. „Das ist doch ein weltberühmter Filmemacher. Bist du…, sind Sie…?

„Ich bin Eike und untersteh' dich, mich mit Sie anzureden. Ich mag's überhaupt nicht, wenn das junge Frauen tun." Er lachte dröhnend. „Da komme ich mir immer so alt vor." Das Dröhnen verstärkte sich. „Ich bin's ja, aber ich will's nicht wahrhaben!"

Wir stimmten in sein Gelächter ein, auch Petra. Sie hatte durch Eikes lockere Art wieder zu sich gefunden. Ich staune selbst immer wieder, wie er es schafft, trotz seines Prominentenstatus so bodenständig zu bleiben, dass nach wenigen Minuten niemand mehr das Gefühl hat, vor einem Halbgott zu stehen.

„Du siehst, unser Laden lässt sich die ganze Sache 'was kosten", meldete ich mich zu Wort, „ihm geht's ja auch gut genug. Eike und Peter sind, wie du dir denken kannst, nicht bei uns angestellt, sondern nur geleast. Ihr habt also denselben Status.

Fangen wir an. Das heißt, vorher drückt mich eine Frage zu dir persönlich. Ich hoffe, dass du sie mir nicht krumm nimmst."

„Welche? Ich hab' nichts zu verbergen und nehm' dir deine Frage sicher nicht krumm."

„Wir haben uns vorhin eine ganze Weile unterhalten und da fiel mir auf, wie geschliffen du sprichst. Für eine Nut..., äh, eine Person mit deinem Beruf finde ich das ungewöhnlich."

„Sag' ruhig Nutte, ich bin ja eine. Was ich nicht so gern höre, ist der Ausdruck Hure. Den finde ich ordinär.

Zu deiner Frage. Ich hab' Abitur und auch angefangen zu studieren, das aber nicht gepackt. Da stand ich nun, hatte nichts und musste mich über Wasser halten. Das heißt, eine einigermaßen ansehnliche Frau hat nie nichts. Ich hatte natürlich gehofft, auf die dir bekannte Weise nur für eine Übergangsfrist unterwegs zu sein. Ich sag' dir 'was: Einmal drin kommst du kaum wieder 'raus. Weißt du, was das Schlimmste ist? Nicht so sehr, eine bestimmte Körperöffnung auszuleihen oder meinen Arsch für Züchtigungen herzugeben. Aber was meinst du, mit was für primitiven Zeitgenossen ich mich sonst 'rumschlagen muss.

Ihr seid eine Offenbarung." Petra blickte uns nacheinander in die Augen. „Soviel Respekt wie hier genieße ich sehr selten. Ihr gebt mir das Gefühl, gleichwertig zu sein und nicht wie bei den meisten anderen nur Straßendreck. Ich danke euch.

So, jetzt möchte ich endlich 'was für mein Geld tun!"

„Okay. Hast du dich umgesehen?"

„Ehrlich gesagt war ich bisher zu abgelenkt." Petra holte das Versäumte nach. Ihr Blick fiel auf das Ensemble, das im Aufnahmewinkel der Kamera aufgebaut war. „Oh." „Du weißt, was das ist?"

Petra lachte herzerfrischend. „Gerd, wer ist denn für sowas der Profi? Sicher weiß ich das. Eine Spankingmaschine und der Bock davor ist für den Delinquenten oder die Delinquentin. Das vermute ich eher, denn ich gehe davon aus, dass ich es bin, die da gleich drauf liegt. Wie kommt denn so ein Ding hierher?"

„Außer Staubsaugern und so weiter stellen die heiligen Hallen hier auch dieses Gerät her. Die neue Ausführung, die du da vor dir siehst, bietet deutlich bessere Features als die alte. Wichtig ist vor allem die elektronische Steuerung, die ihm automatische Höhenbestimmung erlaubt. Das heißt, wenn der Delinquent Mehrfachberieselung einstellt, ändert der Arm ständig seine Höhe, damit alle Schläge gleichmäßig verteilt werden."

Petra gluckste. „Mehrfachberieselung. Toll ausgedrückt."

„Er prüft auch die Zielgröße", fuhr ich fort, selbst amüsiert. „Bei einem kleinen Po ist der Fahrbereich kürzer als bei einem Riesenschinken.

Das Ding ist noch nicht auf dem Markt. Wir wollen es heute unter Echtbedingungen testen und gleichzeitig einen Werbefilm drehen. Trocken – also mit Puppen – getestet haben wir es selbstverständlich x-Mal. Und – naja, das hast du schon erkannt: Die Testperson aus Fleisch und Blut sollst du sein.

Natürlich könnte auch ich mich im Dienst der Firma verbläuen lassen, aber da wir gleichzeitig daraus ein Filmchen machen, verbietet sich das. Einem alten Sack wie mir will nun wirklich keine Sau dabei zugucken."

„Dass so ein Hochkarätiger wie du solche Sachen dreht...?" wunderte sich Petra, zu Eike gewandt.

„Ich kenne Gerd aus dem Sandkasten und tue es ihm zu Gefallen. Da ich nur heute Zeit hab', fallen Test und Dreharbeiten zusammen, was normalerweise nicht üblich ist.

Die Tests sollten alles berücksichtigt haben. Ich rechne mit keinen Problemen.

Übrigens heißt Sandkastenfreundschaft nicht, dass deine Bude mich nicht bezahlen muss." Das ging an meine Adresse.

„Hauptsache nicht aus meiner Privatschatulle." Zu Petra gewandt fuhr ich fort: „So, langsam wird's für dich ernst. Hast du Angst?"

Ich begann mich in Petras Lache zu verlieben."Quatsch! Ich glaube, heute wird's für mich ein Spaziergang. Peter, hast du alles im Auge?"

„Klar!" Der Angesprochene strahlte professionelle Ruhe aus, obwohl die bevorstehende Aufgabe ihn sicher nicht unberührt lassen würde.

Petra brauchte keine Anweisungen. Sie wusste genau, wie sie sich vor der Querseite des gepolsterten Bocks auf das dort vorbereitete dicke, flauschige Kissen niederzuknieen hatte, damit es möglichst lasziv aussah. Ihre Oberschenkel presste sie gegen das Folterwerkzeug und ihren Oberkörper senkte sie so geschickt darauf, dass die Wölbung ihrer Brüste auffällig blieb. Ihren Kopf hielt sie auf die Kamera gerichtet. „Gut so?"

„Sehr gut." Das war Eike. „Jetzt langsam und genüsslich das Kleid hochschieben, bis – du weißt schon 'was – sichtbar wird. Oh. Stop!"

„Was ist?"

„Du hast ja Unterwäsche an."

„Hab' ich, entschuldigung. Ich wusste nicht, was mich erwartete und manche wollen mir unbedingt aufs Höschen hauen. Warte, ich zieh's gleich aus." Sie sprang überhaupt nicht lasziv, sondern sehr sportlich auf und fummelte ihr Teil herunter. Das geschah allerdings in einer Weise, als wollte sie uns ein bisschen heiß machen. Sie deponierte das überflüssige Kleidungsstück, für die Kamera unsichtbar, hinter dem Arrangement.

Dann wiederholte sie ihren ersten Einsatz und zog sich quälend langsam ihr Kleid hoch. Sie sagte diesmal nichts, sondern begnügte sich mit einem hinreißenden Lächeln. Ich glaube, es war gut, dass die Kamera auf einem Stativ fixiert war, sonst hätte sie ebenso gezittert wie wir alten Männer.

Irgendwann lag Petras Allerwertester gänzlich frei und Eike stoppte die Aufnahme. „Sehr gut", urteilte er, „das können wir lassen." Und zu Petra gewandt: „Du bist ein Naturtalent. Man meint, du wärst keine Nutte – entschuldigung! –, sondern ein Model."

„Du brauchst dich wirklich nicht zu entschuldigen. Dein Kompliment toppt sowieso alles. Wie weiter?"

„Das müssen wir besprechen. Möchtest du so liegenbleiben oder sollen wir uns zusammensetzen?" In einer Ecke des Studios steht eine kleine Konferenzgarnitur.

„Ich bleib' gern liegen."

„Es wird auch nicht lange dauern", dozierte ich. „Die nächsten Staffeln geschehen alle mit der Einstellung ‚leicht', denn die hinterlässt so gut wie keine Spuren. Logischerweise hört man auch nicht viel. Bei ‚mittel' ist die Akustik schon deutlicher mit von der Partie. Da werden wir nicht drum herumkommen, aber die Phase halten wir kurz. Da sollten auch alle Kameraeinstellungen auf Anhieb gelingen, Peter. Petras Po ist nicht beliebig malträtierbar und vor allem kriegen wir ihn auch nicht wieder weiß."

Ich wandte mich an Petra. „Jetzt muss ich mich doch entschuldigen, Petra. Ich spreche über deinen Allerwertesten wie über ein Stück Stoff. Er hat – und du hast – mehr Würde verdient."

Petra lächelte wie in einem schönen Traum. „Ich finde es tröstlich, wie ihr euch ständig bei mir entschuldigt. Ihr glaubt gar nicht, was für ein Balsam das für mich ist. Wer hätte schon je nach meiner Würde gefragt. Andererseits habt ihr ihn – meinen Allerwertesten – für einen Haufen

Geld gemietet und er hat seine Pflicht zu tun. In dieser Rolle ist er ein Stück Stoff. Macht bitte weiter."

„Hab' ich dir eigentlich gesagt, dass du ab und zu und das mit dem strahlenden Lächeln, das du zu Beginn aufgesetzt hast, dich kurz an deine Zuschauer wenden sollst?" fragte Eike.

„Nein, aber ich dachte es mir. Was wollt ihr eigentlich hören?"

„Wie meinst du das?"

„Na, soll ich mich mucksmäuschenstill verhalten oder mich bei jedem Schlag aufbäumen und wie am Spieß schreien oder wie bei einem Orgasmus stöhnen, jauchzen und quieken?"

„Ich glaube nicht, dass du mucksmäuschenstill schaffst."

Petra grinste triumphierend. „Ich sagte doch, dass ich gut abgehärtet bin. Ich ziehe die Register, die der Kunde will. Übrigens ist die Variante ‚Orgasmus' die gefragteste."

Eike und ich sahen uns an. Daran hatten wir überhaupt nicht gedacht. „Wenn du das wirklich so gut im Griff hast", entschied Eike nach einer Weile, „wäre es am verkaufsfördernsten, wenn du bei jedem Treffer selig lächelst. Kriegst du das hin?" „Sicher." „Aber du wirst wirklich geschlagen." „Eike!" „Schon gut."

„Wir werden alles durchgehen, das heißt Paddel, Kochlöffel und Gerte", führte ich aus. „Ich glaube, wir haben genug palavert. Für Petra wird es anstrengend. Zur Not drehen wir eine Einstellung eben nochmal."

Peter schaltete eine bisher unbeachtete zweite Kamera ein, die die Szene von hinten einfing, da sie direkt auf Petras Po gerichtet war. „Die läuft einfach mit", erklärte er. „Hinterher schneide ich die Steifen parallel. Das heißt, der Zuschauer wird gleichzeitig das Auftreffen des Mediums und Petras Körper und Gesicht sehen."

„Soll ich die einen Einführungstext vorgeben oder sprichst du spontan einen, der dir einfällt?" Eike war im Geist bei

98

der nächsten Einstellung. „Darf ich?" „Gern. Je spontaner, desto besser." „Dann versuch ich's." „Okay. Klappe!"

„Liebe Spankingfreunde", hauchte Petra, „ich stelle euch heute eine neue Maschine vor, mit der sich euer Vergnügen ins Galaktische steigern wird. Alles geht automatisch mit der Fernsteuerung, die heute mein Assistent bedient."

Peter richtete seine Kamera zunächst auf die Maschine in der Totale und zoomte sie immer näher heran, bis ihr Arm formatfüllend zu sehen war. Dieser hielt eine Gerte. Als nächstes waren meine Hände dran, die die Steuerung hielten und nun für den Zuschauer deutlich erkennbar ‚einzeln, leicht' tippten. Ein Schwenk auf Petras Po und die Gerte sauste mit einem leisen ‚patsch' drauf.

Die nächste Einstellung war ‚10, leicht'. Dem Zuschauer wurde gezeigt, wie der mechanische Arm sauber bei jedem Hieb zwei Millimeter höher rückte. Die rosa Striche waren kaum wahrnehmbar.

Während ich die Gerte durch den Kochlöffel ersetzte, beschied Eike: „Das ist wenig ergiebig. Petra, wärst du arg sauer, wenn wir direkt auf ‚mittel' stellen?" „Eike, ich bin gebucht. Darf ich wieder ein Sprüchlein aufsagen?" „Das kannst du gern tun. Klappe!"

„Liebe Freunde", setzte Petra auf ihrer vorherigen Tonlage auf, „ihr habt gesehen, dass ‚leicht' eher eine Liebkosung ist. Zum Aufwärmen nicht schlecht, es kribbelt ein bisschen, ist aber nicht wirklich zu spüren. Ihr werdet jetzt miterleben, dass es mit ‚mittel' besser zur Sache geht."

Wir begannen mit dem Paddel, da mit ihm am besten eine gleichmäßige Rötung zu erzielen ist. ‚Mittel' klatschte bereits recht vernehmbar. Ich schlich mich hinter die Weitwinkelkamera und beobachtete Petras Miene. Tatsächlich gelang ihr bei jedem ‚patsch' das von Eike gewünschte selige Lächeln. Wären wir hier nicht in Ausübung unseres harten Jobs, hätte das allein gereicht, um den eigenen Gefühlen freien Lauf zu lassen.

Der Kochlöffel hinterließ etwas dunklere Streifen, aber noch keine alarmierenden. „Seht ihr, liebe Freunde, da spürt ihr schon einen Liebesdiener bei der Arbeit", kommentierte Petra auf Eikes Anweisung. Die Gerte setzte zwischen die dunklen Streifen noch etwas dunklere, dünnere. Petra hielt ihr seliges Lächeln durch.

Als die Szene im Kasten war, befühlte ich mitleidig Petras Po. Er war ganz schön warm, aber noch nicht glühend. Nichtsdestotrotz bekundete Petra, dass sie mein zärtliches Streicheln genoss. „Es tut mir wirklich leid, Petra, aber um ‚hart‘ kommen wir nicht herum." Sie lachte, wahrscheinlich, weil ich so weinerlich klang. „Du hörst dich an, als bekämst du die Haue."

„Klappe!" „Liebe Feunde, das war schon richtig gut, wie ihr an der Färbung sehen könnt. Die Stufe ‚hart‘ wird nun das Sahnehäubchen."

Schon das Paddel ging richtig zur Sache und sorgte dafür, dass alle bisherigen Steifen überdeckt wurden. Nach den zehn war alles gleichmäßig dunkelrosa. „Liebe Freunde", flötete Petra, „hier habt ihr Meinen in voller Lebensgröße. Ich hoffe, er gibt euch ein Beispiel für echte Lust." Peter zoomte mehrere Sekunden lang auf die leuchtende Fläche, bis er das Objektiv wieder auf Standardbrennweite zurückschnurren ließ, die außer Petras Po ihre Ober- und einen Teil ihrer Unterschenkel von hinten zeigte.

„So, jetzt zum ultimativen Vergnügen."

Mir tat es beinahe selbst weh, wie der Kochlöffel seine Gitterlinien zeichnete. Nach dem Fünften glitt ich wieder hinter die vordere Kamera und stellte fest, dass Petras Gelassenheit gelitten hatte. In ihr seliges Lächeln mischte sich ein kurzes Verziehen ihres Gesichts. Zwischen den Schlägen nutzte sie die Zeit, kurz zu keuchen.

„So, Petra, jetzt zur letzten und leider schmerzhaftesten Einstellung. Sei tapfer!" Ein bisschen Bedauern klang auch in Eikes Stimme, aber er war zu sehr Profi, um sich übermäßig beeindrucken zu lassen.

Petra lag mit geschlossenen Augen da. „Schon gut, ich werd's aushalten. Legt los."

Die Gerte traf mit peitschendem Geräusch auf. Petras Widerstand war gebrochen. Bei jedem Treffer zischte sie durch die Zähne und ihr entfuhr ein leises „autsch! Aua! Au!"

Dann waren die zehn Hiebe durch. Petra atmete einige Male tief durch und besann sich ihrer Pflicht. Sie öffnete die Augen, fuhr mit ihrer der Kamera zugewandten Hand nach hinten und platzierte sie auf die entspechende Backe. Ihr imaginäres Publikum erfuhr: "So, liebe Spankingfreunde, wie ihr gesehen habt, könnt ihr nun eure Lust perfekt befriedigen. Ich hoffe, es hat euch gefallen und wir sehen uns bei passender Gelegenheit wieder." Dann sank sie auf die Polsterung und versuchte sich zu erholen. Peter zoomte wieder auf die Rundungen, die Petra jetzt beidseitig streichelte. Der Kontrast zwischen den weißen Händen und dem dunkelroten Untergrund trieb meine Speichelproduktion in ungeahnte Höhe. Peter ließ die Kamera noch einige Sekunden surren und schaltete sie dann ab. Als Petra das Klicken vernahm, entfuhr ihr ein lange mühsam unterdrücktes „boah, das war heftig!"

Eine Zeit lang sagte niemand etwas. Wir waren mit uns selbst beschäftigt, vor allem Petra. Sie hatte sich leicht aufgerichtet und stützte sich auf ihre Arme. Sie atmete tief ein und aus. Ich glaubte mir das Recht herausnehmen zu dürfen, hinter sie zu treten und ihre geschundene Haut zu befühlen. Sie glühte regelrecht. Ich konnte nicht anders als zu der Spankingmaschine zu sagen: „Darauf bist du wohl auch noch stolz, du Scheißding. Wenn es nach mir ginge, lägst du morgen auf dem Metallschrott!" Trotz aller Pein brachte Petra es fertig, zu lachen und trocken zu kommentieren: „Ich glaube, das Scheißding hört dich nicht, Gerd."

Ich streichelte immer noch Petras Gesäß so sanft wie möglich. Sie ließ ein Schnurren vernehmen. „Wunderschön. Mach' bitte weiter." „Ich darf das doch gar nicht."

„Ich bin eine bis heute Abend bestellte Nutte. Du darfst alles." „Vergiss endlich die bestellte Nutte. Du bist eine geachtete Mitarbeiterin, wenn auch mit einem ungewöhnlichen Aufgabengebiet."

Dennoch machte ich weiter, nicht zuletzt, um festzustellen, ob sich nicht doch Schrunden oder Striemen zeigten. Zu meiner Beruhigung war trotz aller Misshandlung keine Stelle verletzt. In einigen Stunden würde Petras Po wieder in makellosem Elfenbein glänzen und wäre für den nächsten Spanker servierbereit. Der Gedanke ließ Zorn in mir aufkeimen. Warum muss eine so wunderbare Frau so furchtbar leiden?

„Ach du Scheiße!" Eike durchbrach grob das zarte Gespinst meiner wabernden Träume. „Was?" „Wir haben alles vergessen!" „Wieso? Fehlen Sequenzen?" „Blödsinn! Ich meine die Kaffeepausen und die Mittagszeit ist auch fast vorbei." „Ich bekäme sowieso nichts 'runter."

Eikes Blick wurde prüfend. „Soso. Aber ein Kaffee…?"

„Ein Kaffee wär' nett", ließ sich Petra vernehmen, „wenn ich als dumme kleine Nutte einen Wunsch…." „Petra! Ich verbiete dir, so etwas noch einmal zu sagen. Ich bin echt sauer." Und ich war es.

„Kein Streit! Kaffee!" bestimmte Eike und winkte uns aus dem Studio.

Petra stellte sich aufrecht hin und ihr Kleid fiel in die Position, die ihm die Schwerkraft zuwies. „Ihr Frauen habt's gut", sagte Eike neidisch, „lasst euer Röckchen fallen und niemand sieht mehr 'was."

„Da bin ich mir nicht sicher." Ich wandte mich an Petra. „Drehst du dich bitte um?"

Sie tat wie geheißen. „Siehst du? Ihr Kleid ist so dünn, dass hinten in der Mitte ein roter Fleck durchschimmert. Eigentlich, Petra, kannst du so gar nicht 'raus."

„Ha!" Sie hatte den rettenden Einfall. „Ich hab' doch meine Hose irgendwo hingeschmissen."

„Hinter den Bock." Sie zog das Textil an.

„Kantine?" fragte Eike. „Nein, das gibt nur blödes Gerede. In meinem Büro hab' ich eine kleine Sitzecke für drei und eine Kaffeemaschine mit Ingredienzien."

„Apropos drei. Wo ist eigentlich Peter?" Das weibliche Fürsorgegen hatte sich Bahn gebrochen.

„Der ist längst weg, an dem Film herumschnipseln, Petra. Ich denke, am Nachmittag ist er fertig." Eike schien sich keine Sorgen zu machen.

„So gespannt ich rein technisch auf das Ergebnis wäre; ich glaube, ich möchte ihn überhaupt nicht sehen. Seine Herstellung hat mich zu sehr mitgenommen." Das war von mir nicht gelogen.

„Ich finde Peter extrem ruhig. Ruhig und sehr schüchtern."

„Peter ist schwul", eröffnete Eike Petra unumwunden; ich wusste es seit Langem. „Mein bester Kameramann, fast beängstigend sorgfältig und in Richtung Autist. Ich brauch' mich um die Details nicht zu kümmern, keiner könnte es besser als er."

Wir erreichten mein Büro. „Bitte, Petra." Ich hatte das dicke, flauschige Kissen mitgenommen, auf dem während der Aufnahme ihre Knie geruht hatten, und legte es auf den für sie vorgesehenen Stuhl. Petra wurde leicht rot, diesmal im Gesicht. Sie ließ sich nieder und stieß einen inbrünstigen Seufzer aus. „Danke, Gerd. Du sorgst dich wirklich um mich." Jetzt waren unsere Gesichter angeglichen, soweit es deren Farbe betraf.

Die Kaffeemaschine meldete Vollzug. „Hör' mal, Petra, wie war's denn? Ich meine, waren wir regelkonform?" „Oberste Grenze, aber noch im grünen… – sagen wir im gelben Bereich. Du warst so nett, zu überprüfen, dass es zu keinen Folgeschäden kam. Eure Maschine dosiert ausgezeichnet. Du kannst ins Testprotokoll schreiben: Erfolgreich."

„Nach diesem Erlebnis weigere ich mich bei einem nächsten Mal, ihn nochmals durchzuführen. Tatsache ist, Petra, dass man mit dem Zusammenbasteln von Elektrogeräten wie Staubsaugern, Rasenmähern und so weiter leben kann; aber weißt du, was richtig Kohle bringt?"

„Ich ahne es."

„Richtig, die perverse Spankingmaschine. Gott, ist die Welt entartet!" Ich sah auf die Uhr. „Du bist zwar bis Fünf gebucht, aber dank deiner Mithilfe und deines Talents gelang praktisch jede Einstellung auf Anhieb. Dadurch ging's so schnell, dass dein Mandat de jure beendet ist, Petra. Deinen vollen Tagessatz bekommst du selbstredend. Ich bitte dich außerhalb deines Mandats, noch ein bisschen zu bleiben. Deine Gegenwart empfinde ich als sehr angenehm."

„Zumal es zwei Dinge zu besprechen gibt", brummte Eike.

Bevor ich meiner Überraschung Ausdruck zu geben vermochte, hob Petra den Kopf. „Darf ich vorher etwas sagen?"

„Aber sicher."

„Ihr habt mich so gut behandelt, dass ich euch…, dass ich euch etwas anbieten möchte."

„Gut behandelt? Wir lassen dir von einem Scheißgerät den Arsch windelweich hauen, sodass ich kurz davor stand, den Stecker zu ziehen, und du nennst das gut behandelt?"

„Eben. Du standest kurz davor, den Stecker zu ziehen, Gerd. Warst du nicht ständig besorgt um mich? Das habe ich noch nie erlebt und das nenne ich gut behandelt."

„Wenn du es so siehst…."

„So sehe ich es. Und ihr habt nichts davon gehabt."

„Wie soll ich das verstehen?"

Petra lachte herzerfrischend und wohlwollend. In meinem Innersten begann eine Saite zu schwingen. „Gerd, du bist herrlich. Wozu bestellt jemand normalerweise eine Nutte?"

„Ach, das meinst du."

„Das ist mein Angebot. Ich gebe euch meine Wohnadresse, die ich aus naheliegenden Gründen sonst strikt geheim halte, und wir verabreden uns auf bald. Dann dürft ihr ganz privat.

Vorausgesetzt, ich gefalle euch", setzte sie bittend hinzu.

„Petra! Du mir nicht gefallen...."

„Hier trete ich mit meinen zwei Dingen auf den Plan, die es zu besprechen gilt", fuhr Eike roh dazwischen. „Im ersten sind wir mitten drin. Es ist nämlich so, dass unser verliebter Gerd versorgt werden muss."

„Verliebt? Was hat das mit mir zu tun?" „Kannst du dir das nicht denken?" „Oh." „Genau. In dich. Schau' ihn dir an!"

Ich glaube, mein Gesicht ähnelte in diesem Augenblick genauso einem Leuchtfeuer wie Petras Hintern vorhin. „Hab' ich dir gesagt, Eike, dass du ein Scheißkerl bist?"

„Hundert Mal. Deswegen kommt's aufs hundertunderste nicht an.

Jetzt lass' ihn abkühlen, Petra, und ich stelle dir frei, was du mit der Information anfängst. Die nächste Sache betrifft dich direkt. Ich durfte feststellen, dass du respektable schauspielerische Fähigkeiten hast."

Petra lächelte. „Eine Nutte muss gut schauspielern können. Vielleicht besser als eine richtige Schauspielerin."

„Das hab' ich gemerkt. Das Filmchen, das wir heute gedreht haben, wird kaum je vom öffentlich-rechtlichen Fernsehen gesendet werden. Eventuell läuft er im privaten und in speziellen Kinos. Und im Internet wird's 'rumschwirren. Für mich ist es eigentlich vergessen.

Ich stehe vor dem Projekt eines neuen abendfüllenden Werks für mein ganz normales Millionenpublikum. Gutes Drehbuch, intelligente Handlung, anspruchsvolle Texte. Allerdings geht es nicht ganz ohne gewisse Praktiken ab – solchen, die du kennst. Spanking ist seit einiger Zeit in Mode und hat ihren Weg aus der Flüsterebene beinahe in die Öffentlichkeit gefunden. Dazu ist zu sagen, dass Spanking nichts mit üblichem Verprügeln zu tun hat. Es ist irgendwie eine eigene Disziplin, alles organisiert und nach Plan. Der Film ist überhaupt nicht gewalttätig oder blutrünstig. Aber das eine oder andere Mal gibt's der Hauptdarstellerin 'was hinten drauf.

Nun ist's schwierig, einen Hintern so zu schminken, dass er authentisch wie gespankt aussieht. Meines Erachtens unmöglich. Also müsste sich meine Darstellerin vermöbeln lassen. Das Gejammer hättest du hören sollen, als ich das auf den Tisch legte. Gar nicht bis ‚aber nur mit Double', aber nicht die Spur von Engagement und Einsatzwillen. Die wollen immer nur die Knutschszenen.

Nun ist mir im Lauf unserer Session der Gedanke gekommen, dass ich dich als Double engagiere."

Petra hatte seit ihrem letzten Einwurf geschwiegen. Jetzt wurde sie hellhörig.

„Dann kam mir ein anderer." Petra erschlaffte. Ihre Enttäuschung manifestierte sich körperlich. Wieder nichts!

„Brauchst nicht enttäuscht zu sein." Eike hatte das genauso erkannt. „Ich sagte nicht fallen gelassen, sondern anderer Gedanke.

Meine Zicken gurken mich so an, dass ich mich bis jetzt nicht entschließen konnte, welcher ich die Hauptrolle zuschanze. Das heißt, bis vorhin. Petra, du hast mich restlos überzeugt. Ich biete dir keine Doublerolle bei den Spankingszenen an, sondern die Rolle vollumfänglich. Schlägst du ein?"

Petra war zu keiner Antwort fähig. Ihre Augen wurden feucht und die Tränen ließen sich nicht mehr halten. Die Spankingmaschine hatte es nicht geschafft, aber Eike. Petra heulte hemmungslos. Eike und ich sahen uns an. „Ich denke, das ist ein Ja", bemerkte ich trocken, „vielleicht ein bisschen komisch ausgedrückt. Aber lass‘ sie bitte. Es wird eine Weile dauern, bis sie sich beruhigt, aber die Zeit haben wir.

Wein' dich getrost aus, Petra."

„Ist sie zu Beginn der Dreharbeiten deine Frau?"

„Du bist nicht nur ein Scheißkerl, sondern auch ein ausgesprochenes Arschloch, Eike. Aber ich fürchte, nein, ich bin glücklich, dass du Recht hast. Meinen Antrag werde ich vorbringen, sobald Petra deinen verkraftet hat."

„Und du hast gleich zwei Trauzeugen."

„Äh…?"

„Na, die Herren Scheißkerl und Arschloch."

Jennys Matrix

‚Sie sind ein Herr zwischen 30 und 60 und verspüren Lust auf Abwechslung? Was halten Sie von einem Gruppenspanking mit willigen Damen? Trauen Sie sich! Chiffre...'

Die Anzeige lag einige Tage auf meinem Wohnzimmertisch herum, bis ich mich tatsächlich traute. Fantasieen auf das, was dort versprochen wurde, hatten mich immer schon gefangen gehalten, aber ich hatte nie gewusst, wie ich sie in die Wirklichkeit umsetzen sollte. Möglicherweise kannte ich die eine oder andere Frau in meiner Umgebung, die sich darauf eingelassen hätte. Sich aber vorstellen, wie sie unter meinen Händen liegt, und sie wirklich fragen ist die Entfernung von der Erde zum Mond oder sogar zum Mars.

Vielleicht war es anonym ohnehin besser. Was mich an der Anzeige störte, war das Wort ‚Gruppen...'. Ich hätte lieber eine für mich allein gehabt. Oder war es das und es befanden sich einfach mehrere Spanker zusammen in einem Raum? Ich war auf die Antwort gespannt und wieviel sie von den zu lüftenden Geheimnissen preisgeben würde.

Nach einer Woche kam sie und enthielt nur den lapidaren Satz: ‚Bitte zahlen Sie ... auf Konto ... ein. Nachdem das geschehen ist, werden wir Ihnen innerhalb von vier Wochen einen Termin vorschlagen und weitere Modalitäten nennen'. Immerhin fand ich ein Logo und eine Abkürzung auf dem Briefkopf, nach denen ich im Internet recherchierte. Einen Haufen Geld bezahlen und dann gar nichts haben wollte ich nicht riskieren.

Es handelte sich um einen eingetragenen Spankingklub mit sehr guten Bewertungen. Ich gab mir einen Ruck und überwies den angeforderten Betrag.

Es waren mehr als vier Wochen, aber eines Tages lag ein Brief mit dem bekannten Kopf in meinem Briefkasten. ‚Werter Herr! Bitte finden Sie sich am Samstag, den ... um

14:00 Uhr in unserem Klubhaus, dessen Adresse Sie auf der Rückseite finden, ein. Bitte bringen Sie eine möglichst bequeme Jogginghose mit.'

Die musste ich erst kaufen, aber darauf kam es auch nicht mehr an. Bis zum angegebenen Termin hatte ich das geschafft und fand mich zur bestellten Uhrzeit vor der Tür des Klubhauses ein. Es handelte sich um eine Jugendstilvilla, die Wohlstand ausstrahlte. Kein Wunder, dachte ich, bei den Preisen.

Die Haustür öffnete sich automatisch und ich stand in einem Foyer, in dem bereits zwei andere Männer warteten. Wir sahen uns ein wenig dumm an, rangen uns aber nach einer Weile zu einem „hallo!" durch. Nach hinten führte eine Glastür, die sich unmittelbar nach meiner Ankunft aufschwang. „Freut mich, dass Sie alle pünktlich gekommen sind", begrüßte uns eine junge Frau mit einem bezauberndem Lächeln. Natürlich bestand die erste Aktivität uns dreier Männer darin, sie zu mustern. Es war nichts Auffälliges an ihr, normal gute Figur, normal hübsches Gesicht und als Outfit Turnschuhe, lange, unspektakuläre Jeans und ein T-Shirt. Es muss ihr völlig klar gewesen sein, dass unsere Blicke sie bombardierten, denn sie ließ uns ungefähr eine Minute Zeit, unsere Meinungsbildung abzuschließen. Dann sagte sie: „Ich bin Jenny und werde Sie durch das Programm führen. Zunächst bitte ich Sie in unser Büro."

Da saßen wir nun. Früher hätte man ‚wie die Ölgötzen' gesagt. Jenny machte es kurz. Zunächst veranlasste sie uns, uns gegenseitig mit Vornamen vorzustellen. „Sonst wird's ein bisschen arg steif. Erfahrungsgemäß löst sich die Befangenheit nach Beginn der Sitzung rasch. Sie werden sehen." Nach einer Pause fuhr sie fort: „Es geht gleich los. Streifen Sie ihre Jogginghosen über, bitte ohne Slip. Sie werden den Grund erahnen können. Etwas Bestimmtes sollte viel Platz haben. Umkleidekabinen hier rechts. Ihre Straßenkleidung lassen Sie bitte dort liegen.

Ich bitte Sie auch, ‚oben ohne' den Fitnessraum zu betreten. Schauen Sie sich bitte das für Sie vorbereitete Arrangement an. In einigen Minuten wird Ihr Trainer hinzustoßen. Viel Spaß."

Jenny trat zu einer Doppeltür und öffnete sie. Mit einer Handbewegung lud sie uns ein, sie zu durchschreiten. „Bitte."

Uns bot sich ein atemberaubender Anblick. Im Abstand von ungefähr 80 Zentimetern standen vier gepolsterte Böcke mit der Schmalseite zur Tür im Raum. Davor vier ebenfalls gepolsterte Hocker. Das war aber nicht das Atemberaubende. Das waren die vier Hinterteile, die sich uns entgegenstreckten und die zweifellos Frauen gehörten, die auf den Hockern knieten. Die Besitzerinnen waren unter Tüchern verdeckt, und zwar von links nach rechts mit einem roten, einem gelben, einem grünen und einem blauen. Wir waren so ins Staunen versunken, dass wir kaum bemerkten, wie sich die Doppeltür hinter uns schloss. Folglich tummelten sich hier einige dienstbare Geister mehr als nur Jenny und die vier Bedeckten. Der Trainer fehlte schließlich auch noch.

Ich nehme an, dass es sich die Delinquentinnen auf verschränkten Armen so bequem wie möglich gemacht hatten, denn irgendwie mussten sie ja atmen. Das leise Geräusch des Luftholens vernahmen wir auch, aber sonst muckste sie sich nicht.

Es vergingen etliche Minuten, bis sich eine weitere Tür im Hintergrund auftat und…

…Jenny eintrat, aber was für eine! Sie näherte sich rasch, umging die Bockleiste und baute sich in genau der Entfernung vor uns auf, die uns erlaubte, sie visuell vollständig zu erfassen. Sie hatte ein knackenges orangefarbenes Latexkleid an, das oben kurz über den Brustwarzen und unten kurz unter dem Beinansatz endete. Sie stand mit in die Hüften gestemmten Fäusten und leicht geöffneten Beinen da und schmunzelte darüber, dass wir festzustellen versuchten, ob sie ein Höschen anhatte. Sie ließ uns ein paar Sekunden schmoren und benutzte dann ihre Hände, um ihren Fummel leicht anzuheben. Einfach war es nicht, denn es mangelte deutlich an Platz. Sie schaffte es aber und wir sahen ein Etwas in derselben Farbe wie das Latexkleid blitzen. Dann drehte sie sich um und bot uns ihre Rückseite zur Besichtigung. Auch hierfür hatte sie ein Sahnehäubchen vorbereitet, denn sie bückte sich leicht, indem sie sich mit ihren Händen auf den Knieen abstützte. Selbstredend lachte uns auch in dieser Pose ihr orangefarbenes Höschen an. Jetzt erst nahmen wir wahr, wie braun ihre Haut war, die unglaublich gut mit dem neuen Outfit harmonierte. Mindestens ebenso überzeugend kamen ihre kerzengraden Beine herüber.

Endlich drehte Jenny sich um, lockerte sich und sprach uns an: „Ich nehme mir für diese Umgebung die Freiheit, euch mit Du anzureden. Ich glaube, das ist angemessen. Wie ich sehe, regt sich bei euch das eine oder andere." Dabei schweifte ihr Blick in einer bestimmten Höhe über unsere Vorderseiten.

„Ihr braucht nicht rot zu werden, dafür seid ihr doch hier! Eine Enttäuschung zuerst, falls euch meine Kehrseite gefallen hat: Die ist es nicht, die ihr spanken dürft, sondern die, die hier für euch vorbereitet sind." Sie wies hinter sich. „Ihr seid drei Männer und hier sind vier Frauenpos, also einer zuviel. Ich erkläre das gleich." Es folgte eine dramaturgische Pause. Dann fuhr Jenny fort: „Wir, also unser Klub hat sich überlegt, wie eine Spankingparty neu gestaltet werden könnte. Normalerweise bückt sich das Opfer auf ein Möbel passender Höhe und lässt sich seinen Hintern vollhauen. Ganz anders läuft's hier auch nicht, aber im Wechselspiel.

Ihr stellt euch gleich zwischen die Böcke. Jeder hat also links und rechts einen Po. Mit Kommandos werde ich versuchen, euch zu synchronisieren. Ihr sollt beide Hände gleichzeitig benutzen. Die Pos kriegen also auf jede Backe simultan einen Spank. Da die beiden äußeren Damen deswegen benachteiligt sind, denn sie bekommen ja nur die jeweils innere bedient, wechseln wir nach zehn Schlägen. Ihr behaltet eure Plätze, während die Damen eine Art zyklischer Vertauschung durchführen. Jede rückt eins nach rechts und die, die rechts sozusagen 'rausfällt, schließt sich links wieder an. Nach vier Zyklen, also drei Wechseln hat jede für je zehn Schläge jeden Platz eingenommen. Im Grunde müssen wir die Zahl verdoppeln, denn jeder von euch setzt ja beide Hände zur Arbeit ein.

Verstanden? Jeder von euch verteilt 80, zusammen 240. Das durch vier geteilt – die Anzahl unserer Damen – ergibt 60, die jede bekommt, also genau richtig für ein durchschnittliches Spanking. Wenn ihr ein bisschen weiterrechnet, werdet ihr dahintersteigen, dass die Pobacken zudem von jeder Hand gleichviele empfängt. Ich hoffe, unsere kleine mathematische Spielerei macht euch Freude.

Ihr seid heiß, wie ich sehe. Leider muss ich, bevor ihr endlich 'randürft, noch eine Kleinigkeit erledigen. Ich weiß nicht, wieviel Erfahrung ihr habt, aber jeder zu spankende Po sollte vorgewärmt werden, denn ein heftiger Hieb auf kaltes Fleisch ist schmerzhafter, als der Spaß, den Spanking machen sollte, rechtfertigt. Das werde ich gleich tun."

Jenny drehte sich um, bückte sich auf waffenscheinpflichtige Weise neben einen der Böcke und ergriff ein Paddel, das bisher dort unbeachtet gelegen hatte.

„Nehmt's mir nicht übel, dass ich das übernehme", sagte sie, „aber in der Anwärmphase ist die Dosierung wichtig und die kenne ich ganz genau. Jede der Damen bekommt zunächst zehn Sanfte, die zu einer kaum sichtbaren Rötung führen werden. Und – zugucken macht ja auch Spaß, hoffe ich."

Jenny trat zuerst an den Po, der der Delinquentin unter der blauen Decke gehörte. „Wir haben uns an den Regenbogenfarben orientiert, was die Anfangsreihenfolge betrifft", erläuterte sie, „was sich aber später ändern wird." Sie holte aus und zehn Klapse landeten auf der dargebotenen Kehrseite. Danach näherte sie sich ihr bis auf Griffweite und befühlte fast zärtlich die Haut. Diese war in Zartrosa getaucht und sah sehr appetitlich aus. „Gut", befand Jenny und wandte sich gelb zu. Beinahe beiläufig schwang sie das Paddel, während sie in ihren Erläuterungen fortfuhr: „Wir nennen die Anordnung ABDC, nämlich Anna, Berta, Corinna und Dora. Ich denke, an Hand meiner Ausführungen ist klar, dass Anna immer rot, Berta immer gelb, Corinna immer grün und Dora immer blau bleibt, egal, wo sie sich platzieren. So, gut." Jenny hatte den zweiten Po befühlt und wandte sich grün zu. „Ihr werdet die Damen nicht zu sehen bekommen, obwohl nach dem Spanking noch eine Steigerung vorgesehen ist, denn ihr habt ja genug bezahlt, dass nicht nach einer halben Stunde alles vorbei ist." Auch der Po der Grünen beziehungsweise Corinna wurde für gut befunden und Jenny hatte nur noch den der Blauen alias Dora vorzubereiten. „Beim Wechsel tretet ihr drei Schritte zurück und dreht euch um. Spinxen wird mit Disqualifizierung bestraft und, glaubt mir, unser Klub weiß sich durchzusetzen." Das klang beinahe drohend. „So, fertig." Alle acht Backen boten nunmehr das gleiche Zartrosa. Jenny verstand zweifellos ihr Handwerk.

Sie legte das Paddel neben den äußersten Bock und achtete auch diesmal darauf, dass beim Bücken ihr Höschen gut sichtbar war. Dann trat sie hinter das Arrangement und ermunterte uns: „So, endlich ist's soweit. Tretet bitte so zwischen je zwei Böcke, dass euch die Rundungen gut in der Hand liegen. Ihr dürft das auch gern probieren."

Dieser Anweisung gehorchten wir ohne Murren. Welch wundervolle leichte Wärme! Noch nie hatte ich zwei Frauen gleichzeitig im Zugriff gehabt und schon gar nicht an diesen exponierten Stellen. Ich hatte mir auch nicht vorstellen können, dass das jemals geschehen würde. Aber, wie hatte Jenny selbst zugegeben: Wir hatten genug bezahlt.

„Lasst bitte los, wir wollen anfangen. Ein Letztes noch: Ihr quält niemanden; alle Damen lassen sich ausgesprochen gern spanken. Sie sind angewiesen, sich während der Sitzung völlig passiv zu verhalten."

Bevor es wirklich losging fuhr mir durch den Kopf, was für eine ausgezeichnete und professionelle Moderatorin Jenny war. Hatte ich sie schon einmal bei einer Veranstaltung oder gar im Fernsehen gesehen? Dass sie Jenny hieß, glaubte ich ebensowenig wie das mit den alphabetischen Vornamen unserer Delinquentinnen. Im Augenblick kam ich nicht dahinter, denn ich musste mich konzentrieren.

„Bei drei haut ihr drauf", kommandierte Jenny. „Passt auf: Uuund eins, uuund zwei uuund drei!"

Es klatschte nicht wirklich synchron. „Das müssen wir noch üben", kritisierte Jenny, „nochmal: Uuund eins, uuund zwei uuund drei!"

Ab dem vierten Mal klappte es wie beim Militär. Sechs Treffer klangen wie einer. Dadurch verstärkte sich das Geräusch ins Ohrenbetäubende. Dass die Pobesitzerinnen bei jedem Aufprall einige Millimeter nach vorn ruckten, war durch die Kraft der Arme nicht zu vermeiden, blieben aber deren einzigen Lebenszeichen. Dass sie lebten, bewiesen immerhin die immer dunkler werdenden Rötungen nach jedem Spank. Nach der ersten Runde hatten sich die Farben so intensiviert, dass jeder sah, dass hier Hand angelegt worden war. Nur die beiden äußeren Backen waren logischerweise in dem Zartrosa verblieben, das Jennys Paddel hervorgerufen hatte.

„So, Wechsel! Tretet zurück und dreht euch um!" Die Assoziation zum Militär gewann an Intensität. War es nicht irgendwie auch ein Kampfeinsatz?

Ich hätte zu gern gewusst, was in den Köpfen der Vier vorging. Jung waren sie, das war der straffen Haut der freiliegenden Pos und Schenkeln anzusehen. Empfanden sie einfach Vergnügen an brennenden Hinterteilen und wollten nicht erkannt werden? War eine Nachbarin, eine Kollegin von mir dabei? Es bestand für mich kein Zweifel daran, dass Jenny – zur Not unter Gewalteinsatz – verhindern würde, dass ich das herausfand.

„So, fertig. Auf die Plätze zur zweiten Runde."

Nun lag wie angekündigt blau oder von mir aus Dora links, der Rest der Reihenfolge war geblieben, nur um eins nach rechts gerückt. Die hellrosa Hälften waren folglich als rechte der Ersten und linke der Zweiten von links platziert.

Wir Männer waren nun geübt und es klatschte auf Anhieb unisono. Mir tat leid, dass ich als Linkshänder auf der geschickteren Seite meine Schläge viel besser anbrachte als auf der ‚falschen'. Dort knallten sie nicht richtig und ich fürchtete, dass sie mehr weh taten als dass sie der Empfängerin zu einem Lustgewinn verhalfen. Andererseits war die Logistik der Veranstaltung schlichtweg genial: Jede Backe bekam jede Hand gleich oft zu spüren, sodass es sich zum Schluss gerecht verteilt haben würde. Ob sie sich Jenny ausgedacht hatte? Einerseits glaubte ich eher an eine graue Eminenz des Klubs, wahrscheinlich dessen Chef; andererseits hatte die Frau sie so gut und gekonnt erklärt, dass sie sie zumindest restlos begriffen oder eben doch ausgedacht hatte.

Die Hinterteile wurden immer röter. Ich war erstaunt, wie abgehärtet die Mädels unter den Decken waren. Mittlerweile musste es richtig weh tun, denn bei mir meldeten sich allmählich die Handflächen. Bei der vierten Runde, in der die Schlussanordnung mit gelb-grün-blau-rot erreicht wurde, schlug ich nicht mehr richtig fest zu, so sehr schmerzten sie mich. Außerdem war ich richtig erschöpft. Ich hätte vorher einige Male ein Fitnesszentrum aufsuchen sollen – Zeit genug hätte ich ja gehabt. Fast war ich froh, als Jenny in die Hände klatschte und „so, Schluss!" rief.

„Ich hoffe, unsere Matrixveranstaltung hat euch ein bisschen Spaß gemacht. Ihr dürft eine Weile so bleiben und den Damen ihre Pos zärtlich streicheln. Sie haben es verdient. Die Äußeren sind bitte um drei Backen besorgt; wir wechseln nicht noch einmal."

Wir genossen es, die glühenden Hautflächen unter unseren Händen zu spüren. „Zehn Minuten, dann ist Preisverleihung", verhieß uns Jenny. Preisverleihung? Wir waren verständlicherweise gespannt.

„Hat einer von euch abgesamt? Ich hoffe nicht, denn ihr braucht ihn noch", verkündete Jenny, als die angekündigte Zeit verflossen war. „An die Damen: Bitte mit gespreizten Beinen hinstellen, damit die Herren die Hocker entfernen können."

Die Angesprochenen taten wie geheißen und Jenny nickte uns zu. „Stellt die Dinger irgendwo hin, wo sie nicht stören. Gut. Ihr seht jetzt vier Damen in empfängnisbereiter Pose. Ich hoffe, deren Absätze sind hoch genug, dass Bananen und Pflaumen gut zusammenpassen. Ihr dürft euch eine zum ficken aussuchen. Zur Entscheidungsfindung ist ein bisschen grapschen erlaubt; wer auf kräftige Schenkel steht, darf sich daran orientieren. Für den, der lieber schlanke möchte, gilt dasselbe."

Das taten wir gern. Es gab es kein Gerangel, denn die Fahrgestelle waren durchweg tadellos und die uns entgegengestreckten Öffnungen lachten uns alle gleich einladend an. So blieben wir einfach bei denen, hinter denen wir uns aufgebaut hatten. „So, jeder hat eine. Kommandos gibt's keine, geilt euch auf, wie und solange ihr wollt. Der zweite Preis ist im Augenblick für alle derselbe. Man muss kein Diplommathematiker sein, um zu erkennen, dass eine Dame leer ausgeht. Das wird sie aber nicht. Der Hauptgewinn wird an den vergeben, der als Erster wieder kann. Der darf nämlich mit der Vierten noch einmal. Ich werde euch in der Phase helfen."

Im Augenblick war uns gleichgültig, worin die Hilfe bestehen würde. Wir ließen die Jogginghosen fallen und nahmen uns der zur Verfügung stehenden weiblichen Körperteile an. Es ist herrlich, zwischen zwei heißen Öfen zugange zu sein. Auf Grund der langwierigen Vorbereitung kamen wir alle drei recht schnell. Ich durchlebte einen intensiven Orgasmus und hoffte, dass das auch für meine unbekannte Gespielin galt. Ganz vermochte sie sich jedenfalls nicht mehr ruhig zu verhalten. Ich vernahm unter der Decke heftiges Atmen und ihr Körper zuckte. Ich beneidete in diesem Augenblick die Frösche, die angeblich bis zu acht Stunden am Stück schaffen. Eine respektable Dauer – für die Spezies Homo Sapiens – hielt ich durch, bis mein Ding schlaff wurde und ich es herauszog. Auch die anderen waren fertig. Jenny lief herum und verteilte Papiertaschentücher, damit wir die gröbsten Spuren unserer Aktivitäten beseitigten.

Dann baute sie sich wieder in genau der Entfernung auf, dass wir sie zur Gänze visuell erfasst bekamen. „So, Jungs, zu meiner Hilfe für den künftigen Sieger. Wer gern Frauen zuschaut, die sich's besorgen, ist im Vorteil, aber das kann ich nicht ändern."

Jenny öffnete die Beine, griff sich unter ihr Kleid und begann sanft an sich zu reiben. Immer stärker stöhnte sie und krümmte sich unter den beginnenden Wellen. Wir waren fasziniert, denn das machte uns alle an. Ich spürte deutlich, wie ein bisher erschöpfter Körperteil erneut anschwoll, denn genau das spannte ich am liebsten. Jenny bekam mit, dass ich mich zur Pole-Position vorgearbeitet hatte, lächelte mir zu und hob ihr Kleid. Ich sah, dass sich an der bewussten Stelle des Höschens Feuchtigkeit gebildet hatte; offenbar war ihr Ausfluss beträchtlich gewesen. Nun gab es kein Halten mehr. Ich stürzte auf Nummer Vier zu, packte die Backen, steckte meinen Ständer dazwischen und stieß beinahe brutal mehrmals zu. Beim zweiten Mal dauert es länger, bis der Saft kommt, sodass die Röhre länger steif bleibt. Ich konnte nicht anders als zu stöhnen. Meine Dame – es war die rote Anna – verriet sich fast, denn sie bewegte sich heftig und kurzzeitig bestand die Gefahr, dass ihr die Decke auf den Boden rutschte. Jenny sprang trotz ihres gerade verkrafteten Orgasmus herbei und verhüllte ihren Schützling wieder.

Irgendwann war mein Verlangen gestillt und ich zog mich keuchend zurück. Jenny händigte mir erneut Zellulose aus. „So", sagte sie, „wir sind durch. Der Sieger steht fest und wird in Kürze eine entsprechende Urkunde ausgehändigt bekommen. Ihr auch", wandte sie sich an meine Ex-Konkurrenten, „allerdings nur mit ‚teilgenommen'. Damit sich unsere Damen endlich aus ihrer unbequemen Position erheben können, bitte ich euch, mich zurück ins Büro zu begleiten."

Wir streiften unsere Jogginghosen über und kehrten durch die Doppeltür, durch die wir vor einer gefühlten Ewigkeit den ‚Fitnessraum' betreten hatten, in das Büro zurück. „Dort sind Toiletten, falls ihr noch einige Reinigungsarbeiten erledigen wollt", wies uns Jenny die Richtung, „dann kleidet euch bitte komplett an. Die Abschlussbesprechung in, sagen wir, einer Viertelstunde."

Eine Viertelstunde später saßen wir auf unseren Stühlen wie zu Beginn des Turniers, um es einmal so auszudrücken. Jenny betrat das Büro durch eine andere der vielen Türen; unter dem Arm trug sie drei stabile Blätter, die vermutlich die versprochenen Urkunden waren. Sie setzte sich auf ihren Schreibtischsessel. „So, Jungs, wir sind endgültig am Ende – was guckt ihr so?"

Jenny hatte ihr ‚Straßenoutfit' wieder übergestreift: Turnschuhe, Jeans und T-Shirt, wie sie uns empfangen hatte. War das tatsächlich dieselbe Frau? Musste sie, denn Gesicht, Figur, die Bräune ihrer Haut sowie Stimme und deren Klangfarbe stimmten überein. Ich orientiere mich auf Grund meiner kurzsichtigen Augen, aber meines exzellenten Gehörs stark an Stimmen, und es ist praktisch unmöglich, mich zu täuschen, da mag sich jemand verkleiden oder versuchen, in anderer Tonlage zu sprechen, wie er will: Ich entlarve ihn – oder sie – garantiert. Es handelte sich um dieselbe Jenny, die uns nebenan aufgeteilt hatte.

Sie hatte durchschaut, welcher Schuh uns drückte. „Naja, ich hab' mich natürlich auch gesäubert. Deswegen hatte ich die relativ lange Zeit erbeten." Zum ersten Mal glaubte ich Anzeichen von Unsicherheit bei ihr zu erkennen. Oder täuschte ich mich? Bevor ich mir darüber schlüssig wurde, war alles verflogen.

„Ich gebe euch nun die Urkunden. Zunächst die Silbermedaillen."

Meine Genossen murmelten ein „danke", zum Abschied ein „tschüss" und waren fort.

„Zu dir. Hier ist deine Auszeichnung. Außerdem überbringe ich noch zwei herzliche Dankeschön."

„Von wem?"

„Von der grünen Corinna und der roten Anna. Vor allem Anna hat's so durchgeschüttelt, dass sie sich fast verraten hätte. Dabei sind es unsere Damen, die auf strikter Anonymität bestehen. Sie wollen nicht, dass der Rest der Welt von ihren Gelüsten erfährt." Mir war, als hätte Jenny nicht allzu oft Gelegenheit, über Privates zu plaudern. Hätte sie sich nicht zum Schluss vor unseren Augen einen 'runtergeholt, und sicher keinen gespielten, wäre ich trotz ihres laszjven Benehmens in ihrem Spankingkleid geneigt gewesen, sie für einen Roboter zu halten. „Meine Gelüste darf jeder wissen", fuhr sie fort, „mit Spanking hab' ich's überhaupt nicht. Ich sehe lieber zu, wie ein Mann eine Frau fickt und mach's mir dann selber. Vielleicht auch nicht ganz normal, mir aber wurscht."

„Bist du Mathematikerin?"

Jenny war verblüfft. „Ja, bin ich. Wie bist du darauf gekommen?"

„Das mit der Matrix. Ich hatte eine Zeit lang überlegt, wer so einen genialen Ablauf entwickelt haben mag, weil ich's dir zu Beginn nicht zutraute. Dann wurde mir klar, dass jemand, der ihn so perfekt erklärt, ihn auch geschaffen haben muss. Und dieser Jemand muss Mathematiker beziehungsweise Mathematikerin sein."

„Bist du das auch?"

„Physiker. Aber so weit liegen wir nicht auseinander."

Es gab keinen Grund länger zu bleiben. Zum Abschied gab mir Jenny die Hand. Da erst fiel mir auf, dass sie bei dieser Gelegenheit zum ersten Mal, seit ich ihre Bekanntschaft gemacht hatte, einen anderen Menschen berührte.

„Tschüss." „Tschüss." Ich war fast draußen, als ich ein gehauchtes „übrigens" vernahm. Ich drehte mich um. „Ich heiße wirklich Jenny. Du findest mich in der Uni als Dozentin für angewandte Mathematik."

Gabi beim Joggen

Ich war mir lange nicht sicher, ob das mit Gabi eine richtige Beziehung ist. Wir unternahmen das eine oder andere gemeinsam, behielten aber unsere getrennten Wohnungen. Ich begründe vier Abschnitte weiter unten, warum ich gleich zu Anfang versuchte, mich ihr zu nähern. Jedesmal brachte sie es fertig, nicht direkt „nein" zu sagen, sich mir aber dennoch elegant zu entziehen.

Nach einigen Restaurant-, Kino- und Konzertbesuchen war mir klar, dass es wohl nichts werden würde. Ich war schon auf der Suche nach anderem Fleisch, als Gabi einen Vorschlag einbrachte: „Wollen wir um den Baggersee 'rumjoggen?"

Nicht, dass mich das wunderte. Gabi sieht nicht nur sportlich aus, sondern ist es sicher auch. Mit mir ist da nicht soviel los, und das letzte, was mir eingefallen wäre, wäre um den Baggersee zu joggen. Ich bin keine völlige Null, aber Wanderungen – auch ausgedehnte in die Berge – sind eher mein Fall. Da ich Gabi aber immer noch nicht ganz aufgegeben hatte, sagte ich zu.

Bei Frauen schaue ich wie magisch angezogen auf die Beine, sofern sie sichtbar sind. Ich weiß, dass das zunächst eine Enttäuschung bedeutet, denn Frauen mögen es am Liebsten, wenn ein Mann ihr Gesicht betrachtet. Ich darf aber alle trösten, denn der zweite Blick richtet sich wie von selbst nach oben. Fällt er positiv aus, stimmt automatisch alles; ist das nicht der Fall, nützen die tollsten Beine, Busen oder rückwärtigen Rundungen nichts.

Gabis Beine sind etwas Besonderes. Obwohl ich kein Zwerg bin, überragt sie mich um einige Zentimeter. Das macht sich besonders bei ihrem gefühlt endlos langen und kerzengeraden Fahrgestell bemerkbar. Ihre Schenkel werden als ultimative Formvollendung in die Menschheitsgeschichte eingehen. Die oberen bringen es fertig, sich gleichzeitig kräftig und schlank zu geben, und angesichts der unteren würde eine Gazelle neidisch. Beide trennen wunderschön geformte rundliche Kniee. Ich war überzeugt, dass sich Gabi derer Wirkung bewusst war, und fragte mich, ob sie diese Waffen mit der ausschließlichen Absicht einsetzte, Männer sinnlos verrückt zu machen.

Da sonst nichts lief, war es mir lieber, wenn Gabi in nicht allzu engen Jeans aufkreuzte, denn in kurzen Röcken oder Hosen setzte sie mich praktisch außer Gefecht. Während der ganzen Zeit unseres Zusammenseins geisterte der Drang durch meinen Kopf, in die Hocke zu gehen und an ihren Beinen herumzugrapschen.

Und jetzt, am Baggersee, das knappe Turnhöschen. Wir waren bereits in Sportkleidung losgefahren und bei mir hatte sich ab der ersten Minute in einem bestimmten Bereich einiges geregt. Gabis Oberschenkel sind länger als die Sitze ihres Autos tief und befanden sich während der kurzen Anfahrt nur wenige Zentimeter von meiner linken Hand entfernt. Ich musste sie mit der rechten buchstäblich festketten. In mir kam die Assoziation einer köstlichen Torte hoch, die ein Schild ‚anschneiden verboten' krönt.

Der Baggersee ist so alt, dass er völlig renaturiert und von Wäldern umgeben ist. Wir parkten in der dafür vorgesehen Lichtung und stiegen aus dem Fahrzeug. Gabi schien meine Pein nicht wahrzunehmen und konzentrierte sich auf die technischen Einzelheiten. „Es sind ungefähr fünf Kilometer. Wir fangen langsam an und testen erst mal, wir fit wir sind." Innerlich stöhnte ich. Ich sah eine Tortour vor mir. Erst sich kaputtmachen und dann ins Auto steigen und nach Hause fahren: Das würde 'was werden!

Es begann, wie ich es erwartet hatte. Gabi hätte mir mühelos und uneinholbar davonlaufen können, wenn sie es gewollt hätte. Sie nahm aber Rücksicht, sah sich alle paar Augenblicke um und achtete darauf, dass unser Abstand zwei Meter nicht überschritt. Plötzlich bekam der Begriff Rücksicht eine völlig andere Bedeutung. Ich hatte im genau richtigen Winkel ihre elegant ausgreifenden

Beine im Blickfeld und konzentrierte mich mehr und mehr darauf, diesen Winkel beizubehalten. Dabei fiel mir nicht auf, dass ich eigentlich schneller lief als ich mir vorgenommen hatte. „Sehr gut", ermunterte Gabi mich in regelmäßigen Abständen, „du bist viel besser als du von dir selbst glaubst." Mir fiel dabei auf, dass Gabi im Gegensatz zu mir nicht im Mindesten schnaufte. Immerhin wusste sie mich anscheinend zu motivieren. Und dann...? Blöde Kuh!

Die fünf Kilometer waren erstaunlich schnell abgespult. Gabi lehnte sich mit leicht beschleunigtem Atem gegen einen Baum, während ich wie eine alte Dampflok keuchte.

„Wie fühlst du dich?" „Gut – puuh – aber – uff – lass‘ – ogott – mir – ääähhh – noch – oje – ein – herrjeh – bisschen – sssii – Zeit." „Die Zeit haben wir", entgegnete sie. Und fuhr zu meiner Verblüffung fort: „Wie geht's denn unten ‘rum?" „Mein Laufwerkzeug?" „Quatsch! Wo das Leben lockt."

Ich wurde hellhörig. Wie von Zauberhand beruhigten sich meine Organe. Ich sah ein Märchen vor mir. Gabi hatte sich mittlerweile wieder hingestellt, hielt die Beine leicht gespreizt und hatte die Hände auf den Oberschenkeln platziert. Dann schwenkte sie sie nach hinten, legte sie auf ihren Po und begann mit ihrem Mittelstück langsam zu wippen. Es sah ungeheuer lasziv aus.

„Und? Du hast mir noch nicht geantwortet." Ich spürte ein Kribbeln in einer bestimmten Region. „Ich..., ich...." „Schon gut." Gabi konzentrierte ihr Augenmerk auf einen Punkt, der mir peinlich war. „Nur wenige Meter in den Wald gibt's eine Lichtung, wo sich nie jemand blicken lässt." Sie nahm mich bei der Hand und zog mich hinter sich her.

Angekommen, präsentierte sie sich mir wieder wie vorher und lächelte mich an.

Erstaunlich, wie rasch sich ein menschlicher Körper nach einer Anstrengung erholt, wenn ihn neue Ufer erwarten. Meine ganze Erschöpfung war verflogen. „Gabi?" „Ja?" „Kannst du mir das erklären?"

Sie fragte nicht, was zu erklären war. Sei wusste es. „Ich liebe joggen. Aber nicht aus dem Grund, aus dem du denkst. Ich helf' dir erstmal." Sie fingerte an mir unten herum. „Jetzt ziehst du besser deine Turnhose aus, sonst klemmt sie's dir wieder ab." Mein bestes Stück schnellte sofort in die Waagerechte. „Sehr gut. Siehst du da hinten den dicken gefällten Baum?" „Sicher." „Auf!"

Gabi stellte sich mit ihrer Vorderseite vor ihn, ließ ebenfalls ihr Turnhöschen rutschen, bückte und öffnete sich. Mit den Händen stützte sie sich auf den Stamm. „Bist du…, bist du denn feucht?" „Klar! Ich sagte doch, ich jogge gern. Und das ist der Grund. Mach' endlich."

Das brauchte sie mir nicht zwei Mal zu sagen. Sie ist groß genug, sodass es keiner Tricks bedurfte. Wir passen in der Höhe perfekt zusammen. Ich schaffte mehrere Stöße und bei jedem stöhnte Gabi heftiger. Ich hatte zunächst Angst, uns könnte jemand hören, aber Blattwerk dämpft Geräusche gut. Irgendwann wichen mir doch die Kräfte und ich gab ihre Öffnung frei. Im Auto lagen genug Papiertaschentücher zur notdürftigen Reinigung, aber bis zu ihm mussten wir mit unseren dünnen Hüllen vorlieb nehmen, die die Menge des klebrigen Zeugs schlecht verkrafteten. Als wir uns möglichst unauffällig auf die Sitze schwangen, war die Feuchtigkeit nach außen gedrungen.

Gabi sah an sich hinab. „Ich finde das total sexy." „Ich auch."

Während der Rückfahrt fand meine linke Hand einen prachtvollen Parkplatz. Besonders wenn Gabi die Pedale bediente, waren neben den nötigen Auf- und Abbewegungen auch die ihrer Muskeln zu spüren. Das erregte mich dermaßen, dass ich mich nach kurzer Zeit wieder einsatzfähig fühlte. „An den Schenkeln darfst du nach Belieben 'rummachen", bat Gabi, „aber geh' nicht höher. Ein bisschen muss ich mich aufs Fahren konzentrieren."

Wir bogen in die Einfahrt. „Von der Garage aus geht's durch ein Türchen in den Garten, wo uns niemand sieht.

Da darfst du mich solange ficken, bis du tot zusammenbrichst. Danach mach' ich allein weiter."

Das war natürlich nicht ernst gemeint. Ganz falsch war Gabis Aussage allerdings nicht, denn als ich wirklich bis zum letzten ausgelutscht war, holte sie sich noch in paar eigenhändig 'runter. Sie hatte bestimmt zehn gehabt, bevor auch ihr Verlangen endlich gestillt war. „Ich bin total heiß, wenn ich's unten nass fühle."

„Du brauchst dich wirklich nicht zu entschuldigen oder zu meinen, du müsstest dich rechtfertigen. Was mich erstaunt, ist dein Gesinnungswandel."

„Es ist kein Gesinnungswandel, sondern einfach so, dass es mir nur beim Joggen kribbelig wird. Sonst bin ich eher frigide und das ist für einen Mann frustrierend, wenn er mehr als einfach 'rein und spritzen im Sinn hat. So schätze ich dich aber ein, also eben nicht. Ich wollte dich keinesfalls enttäuschen, denn ich möchte dich behalten. So stand ich vor dem Problem, dich endlich zu lassen, aber so, dass du's schön findest."

„Das ist dir gelungen. Aber sag' mal…." „Ja?" „Kommt's dir denn manchmal mittendrin?" „Ab und zu. Dann werde ich langsamer und fange an zu stöhnen. Das Schöne ist, dass das die Leute ruhig hören können. Sie glauben dann halt, ich stöhne vor Erschöpfung." Sie kicherte. „Du siehst", schloss Gabi ihr Geständnis ab, „wenn ich auf der Schiene bin, kannst du mich nehmen so oft du willst und es langt mir immer noch nicht."

„Dann stehe ich vor einer attraktiven Aufgabe."

Ein Ergebnis dieses ersten Mals war, dass wir die Sitze in Gabis Auto mit Teppichschaum reinigen mussten und einige Mühe hatten, den Geruch zu entfernen. Auf Grund dieser Erfahrung legten wir ab dem zweiten Mal Handtücher drüber, denn das Joggingritual gehörte ab diesem Tag zu unserem – fast – täglichen Brot. Wie wir es dereinst im Winter treiben sollten, darüber zerbrach ich mir nicht bereits jetzt den Kopf.

Auch wenn mir Gabi haushoch überlegen blieb, wurde ich so fit, dass ich keine vorherige Sonderbehandlung mehr brauche. Gabis wirbelnden Beine vor mir erregen mich unterwegs derart, dass wir kurz vor dem Ziel über einen neu entdeckten Trampelpfad auf die Lichtung zusteuern, Gabi dort sofort alles abstreift und sich einladend vor der hölzernen Stütze hinpflanzt. Alles weitere läuft analog der Premiere ab, nur mit Handtüchern auf den Vordersitzen. –

Eines Tages kam Gabi mit einem Vorschlag, der zunächst harmlos klang, sich dann aber immer mehr ins Eigenartige entwickelte.

„Wie wär's mal mit einer anderen Joggingtour?"

„Warum nicht? Denkst du an 'was Bestimmtes?"

„Der Kamm, der über unser Hinterhofgebirge führt, ist ein bewaldeter, flacher Rücken. Dort läuft ein beinahe ebener Weg entlang, der praktisch unbegangen und von beiden Seiten von Parkplätzen flankiert ist. Das ist der Punkt: Entweder läuft man nur bis zur Hälfte oder alles hin und zurück, denn es ist kein Rundkurs. Die andere Möglichkeit ist, dass man zwei Autos einsetzt."

Ich hatte das Gefühl, dass für Gabi das Schlüsselwort ‚unbegangen' lautete. Ob sie damit den Wunsch andeutete, nach Lust und Laune zwischendurch bedient zu werden?

Die Logistik war einfach. Wir fuhren mit meinem Wagen zu dem Parkplatz am einen Ende; dann bestieg ich Gabis und sie steuerte den am anderen an. Dank dieses Rangiermanövers erwartete uns am Ziel eine Fahrgelegenheit, die uns das Ganze rückwärts abzuwickeln erlaubte.

„Ich hab' alles vorher ausgekundschaftet", teilte mir Gabi mit. „Auf der Seite, auf der dein Auto wartet, gibt's viel intimere Stellen für – du weißt schon was. Außerdem ist's besser, wenn du die ersten Kilometer fährst."

Was sollte die Aussage denn? Als Gabi einparkte und ich ausstieg, nahm sie einen bisher von mir unbeachteten Gegenstand vom Rücksitz. „Was ist das denn?" „Das siehst du doch. Ein Kochlöffel." „Wo willst du denn hier Suppe rühren?"

Gabi lachte. „Damit wird keine Suppe gerührt. Ist auch noch nie mit worden. Das Teil dient einem anderen Zweck." Ich starrte sie fassungslos an. „Du hast anscheinend nicht die geringste Vorstellung, was ich will." „Wahrlich nicht."

Gabi nahm das Küchengerät, justierte es und versetzte mir einen Schlag auf meinen Hintern. „Spinnst du? Das tut ganz schön weh."

„Durchschaust du es jetzt?" „Willst du mich verprügeln?" „Nicht ich dich, sondern du mich. Und dass es nicht verprügeln, sondern spanken heißt."

Langsam schwante mir etwas. Ich wusste ungefähr, was spanken bedeutet. „Hier, nimm du ihn." Zögernd tat ich wie mir geheißen. Ich wog den Holzlöffel in meiner Hand und betrachtete ihn eingehend. Er schien mir für eine Großküche geeignet. „Der Stiel sollte genügend lang sein, dass du meinen Allerwertesten triffst, und die Kopffläche deckt schön viel ab. Du musst nur bitte darauf achten, dass du mit der Konkavseite triffst."

„Ich glaube, du musst ein bisschen mehr erklären."

„Ich hab' mir das schon lange gewünscht und ich dachte, nachdem wir aufeinander eingespielt sind, zünde ich die nächste Stufe. Allerdings will ich auch hier nicht das Übliche. Du weißt schon, einfach über den Küchentisch bücken und mir den Hintern versengen lassen. Es soll während des Joggens geschehen und du musst dich ein wenig anstrengen."

„Aber das tut doch weh."

„Soll's auch. Du rennst hinter mir her und haust zu, sobald du eine Chance siehst. Das einzige, worum ich dich bitte, ist, deine Zuwendungen gleichmäßig zu verteilen. Da du Linkshänder bist, muss du für die rechte Backe etwas weiter seitlich laufen."

Ich fand das ein merkwürdiges Ansinnen, aber der Gedanke, auf die herrlichen Rundungen klopfen zu dürfen hatte etwas für sich. „Also gut. Wann hören wir auf?" „Wenn wir da sind." „Das ist aber ziemlich lange." „Das ist doch gut. Spanking zu Hause ist ratz-fatz vorbei. Lass' uns loslaufen."

Es dauerte eine Weile, bis ich mich eingewöhnt hatte. Zunächst traute ich mich nicht recht, was Gabi zu dem Ausruf „fester" veranlasste. Dann saßen die Schläge nicht richtig und ich bekam ein verächtliches „Mensch" zu hören. Ab dem zweiten Kilometer hatte ich Routine gewonnen und landete den ersten Treffer. „Gut; endlich hast du's raus", war der Kommentar. Wenn die Kopfhöhlung des Löffels genau auftraf, erzeugte sie durch ihr Luftpolster einen ganz schönen Knall.

Wie erwartet bestimmte Gabi, wann ich sie erwischte. Sie lief mir 15 Meter voraus, verlangsamte dann, bis ich sie wieder eingeholt hatte, und bot mir ihren Po zur Bedienung an. WACK! „Boah, klasse!" WACK! „Spitze, du wirst richtig gut!" WACK! „Aua!"

Ich senkte erschrocken den Löffel. Gabi sah es und war erschrockener als ich. „He, nicht aufhören! Klar tut's weh und ich rufe aua. Aber ich will's ja."

Folglich ging es weiter. Wenn ich rechne, dass Gabi mir ungefähr alle 80 Meter Gelegenheit gab, sie einzuholen, komme ich auf 60 bis 70 Schläge, die ich ihr im Lauf unserer Vertrimmaktion draufgab. Ab dem dritten Kilometer machte es mir richtig Spaß, wie ich zugeben muss, und gönnte mir sogar den Luxus, eine besonders schöne Stelle auszusuchen. WACK! „Au, bisher jungfräulich, gut!" WACK! „Boah, der zog richtig!" WACK! „Heftig, super!"

Uns begegnete zum Glück kein Mensch, denn ein Mann, der hinter einer davonlaufenden Frau mit einem Kochlöffel in der Hand her ist, wäre ein Grund gewesen, die Polizei zu rufen – ich hätte jedenfalls so reagiert. Wer konnte schon wissen, dass mich Gabi mühelos außer Gefecht zu setzen fähig wäre?

Enttäuschend schnell hatten wir mein Auto erreicht. Wir bogen vor dem Parkplatz ins Gebüsch ab und lockerten uns. Mir war Klar, dass das Spanking nunmehr ein Ende hatte, denn im Stehen betrachtete ich Gabis Po als tabu. „Lass' mal sehen!" „Du bist ganz schön geil geworden." „Klar! Was hast du denn erwartet?"

Auch hier lagern gefällte Stämme, über die Gabi sich jetzt bückte. Diesmal war ich es, der ihre Turnhose hinunterzog und die Bescherung begutachtete. „Du hast sauber gearbeitet", war Gabis Kommentar. Ich sah das auch so: Keine roten Flecken, sondern die Kreise der Konkavseite. Ich betatschte ihre Backen. Sie waren richtig heiß. Während ich sie streichelte, wurde mein Ständer immer straffer. „Je länger du wartest, desto besser wird's", versprach ich ihr, „du fühlst dich da hinten wunderbar an."

Sie bekam ihn. Meine Weichteile gegen so einen Ofen zu drücken war ein galaktisches Erlebnis. Ich glaube, so ausdauernd und intensiv konnte ich noch nie vorher. Gabi genoss es hörbar. Sie stöhnte laut. Wäre jemand zugegen gewesen, hätten wir ihn nicht wahrgenommen. Aber auch dieser Parkplatz war bis auf mein Auto leer.

Irgendwann waren wir fertig. Wir hatten unsere Hosen wieder oben und keuchten im Takt. Gabi sah mich glücklich lächelnd an. Dann schlang sie ihre Arme um meinen Hals und küsste mich nicht nur, sondern aß mich regelrecht auf. Zwischendurch schaffte sie es, ein paar Worte zu flüstern: „Weißt du 'was? Ab jetzt jederzeit. Der Winter kann kommen!"

Doppelpack für Heidi

Mein Kollege und ich bogen um die Ecke. „Wow, was für ein Schuppen!" Wir waren schon in einige hochherrschaftliche Villen bestellt worden, aber die hier war kaum mehr zu toppen. „Erstaunlich, wie einsam gerade reiche Frauen sind." „Uns kann's doch egal sein. Hauptsache Kundinnen."

Wir klingelten. Uns öffnete eine ansehnliche, ungefähr 50 Jahre alte Frau in einem schlichten Sommerkleid, das den halben Oberschenkel bedeckte. „Ah, die Herren. Pünktlich und todschick wie alle von Ihrer Agentur. Kommen Sie 'rein."

Sie führte uns durch einen schlossartigen Vorraum in ein ebenso schlossartiges Esszimmer. „Bei zwei Stunden langt's für einen Begrüßungskaffee. Er ist fertig. Darf ich bitten?"

Obwohl wir als Profis schon allerhand erlebt hatten, irritierte uns der Kontrast zwischen dem Prachtambiente und der schlichten Bewohnerin. War das wirklich die Hausherrin?

Als hätte sie unsere Gedanken erraten, führte sie aus: „Ich bin Heidi, die Hausherrin. Außer mir ist niemand hier. Wir sind ungestört."

„Äh…, Sie haben doch Angestellte – ich meine, für dieses Anwesen?!"

„Nur zwei, einen Gärtner und eine Haushälterin. Es gilt auf keine Kinder aufzupassen und da ich gern koche, tue ich das selber. Der Gärtner hat heute sowieso frei und die Haushälterin ist auf Großeinkauf und wird nicht vor heute Nachmittag aufkreuzen. Und merkt euch gleich: Ich bin die Heidi."

Wir hatten uns wie in unserer Branche üblich sofort mit unseren Vornamen vorgestellt. Die meist vornehmen Damen verlangen außerhalb unserer eigentlichen Tätigkeit häufig wie eine Baronin behandelt zu werden. Unsere aktuelle Klientin passte nicht in unseren Erfahrungsschatz.

„Und legt um Himmels Willen eure Jacketts und Krawatten ab. Das war mein Fehler. Ich hätte bei der Anforderung gleich angeben müssen: Jeans und T-Shirt. Naja, nächstes Mal."

Heidi räumte das Geschirr in die Spülmaschine. „Bevor wir ins Arbeitszimmer gehen, kurz zu mir. Ich bin nicht in ärmlichen Verhältnissen aufgewachsen, aber in einer Familie, die in Baumaschinen machte und in der ein entsprechender Ton herrschte. Falls ihr euch in eine sehr-wohl-gnädige-Frau-Rolle eingeübt habt, war eure Mühe leider vergebens."

Wir sahen uns an. Konnte Heidi Gedanken lesen? „Irgendwann habe ich das alles geerbt. Zum Glück war bereits, als mein Vater noch lebte, ein tüchtiger Geschäftsführer am Ruder, den ich heute noch halte. Leicht schizophren, denn gleich genial als Techniker und Betriebswirt, aber wohl ein Dummkopf. Ich habe ihn noch nie erwischt, dass er versucht hätte, sich die eigenen Taschen zu füllen."

„Vielleicht hat er erkannt, dass Sie… – dass du in der Lage bist, das zu kontrollieren."

Heidi grinste. „Scheint so. Bis zu einem gewissen Maß hätte ich möglicherweise ein Auge zugedrückt. Er hat's übrigens nicht mit Frauen, trinkt keinen Alkohol und raucht nicht. Ein bisschen viel Askese. Vielleicht ist er wenigstens schwul. Jetzt aber 'ran! "

Heidi führte uns durch eine verwirrende Anzahl von Zimmerfluchten, bevor wir am Ziel anlangten. Ich fragte mich, ob sie fürs Zwiebel- und Gurkenschneiden unterschiedliche Räumlichkeiten zur Verfügung hatte. Das sogenannte Arbeitszimmer war ein vollgestellter Fitnessraum. In seiner behelfsmäßig freigeräumten Mitte prangte ein Gerät, das so direkt da nicht hingehörte. Ein gepolsterter Bock, an dessen Schmalseite ein ebenfalls gepolsterter Hocker gerückt war, erinnerte eher an eine Schulturnhalle.

„Ihr seht schon, welches euer Einsatzgerät ist. Zuvor eine Erläuterung. Denn ich möchte alles so haben, wie ich es mir vorstelle.

Bisher ließ ich mir immer einen Kerl kommen, aber es stellte sich schnell 'raus, dass das Scheiße ist. Entweder ist er – wie die meisten – Rechtshänder und haut mir super auf die rechte Backe, kommt aber ganz mies auf die linke und tut mir nur weh, ohne dass es schön klatscht. Damit ist der Genuss praktisch wieder kaputt. Bei einem Linkshänder ist es logischerweise anders herum. Ich hatte einen Links- und einen Rechtshänder geordert. Wer ist der Linkshänder?"

Ich meldete mich.

„Gut, dann stellst du dich rechts von mir auf und bedienst meine linke Backe. Du…" Heidi blickte meinen Kollegen an „…logischerweise links und bist für die rechte zuständig."

„Hast du keine Spankingmaschine?"

„Wenn ich mir euch nicht leisten könnte, hätte ich mir sicher eine zugelegt. Richtige Männerhände ersetzt so ein Ding aber nicht. Ich hab' mir mal eine vorführen lassen."

Heidi kniete auf den Hocker, legte ihren Oberkörper auf den Bock, ließ ihre Arme rechts und links hinunterhängen und bettete ihren Kopf auf ein Kissen, das genau richtig platziert war. Es gab es keinen Zweifel daran, dass sie diese Pose nicht zum ersten Mal einnahm.

„Das Kleid dürft ihr hochschieben, es ist nichts drunter. Ich mag's auf den Nackten. Aber mit ein bisschen Eleganz." Eine erstaunliche Anweisung. Wollte Heidi uns heißmachen? Dann würde sie uns in Gewissensnöte bringen, denn wir sind ausschließlich für das Spanking zuständig.

„So, letzte Anweisung. Am liebsten hätte ich es ja gleichzeitig auf beide Backen. Dann kämt ihr euch aber in die Quere, sodass das leider nicht machbar ist. Die ersten zehn sind zum Aufwärmen, die könnt ihr auf der euch zugewandten Seite anbringen. Die aber wirklich simultan, und wenn ihr bis drei zählt."

„Wieviel willst du insgesamt drauf haben?"

„60, das hat sich als ideal herausgeschält. Macht aber alle zehn eine Pause und tätschelt weitere zehn, wieder auf eurer Seite und gleichzeitig wie die ersten. Dann macht weiter. Insgesamt also sechs Staffeln. Alles klar?"

„Alles klar!"

„Dann los!"

Nach den zehn Einstiegsklapsen war Heidis Po rosa angehaucht. Zu Beginn hatten wir uns mit dem ‚Gleichschritt' etwas schwer getan, aber mit bis drei zählen klappte es ab dem dritten recht gut.

„Okay, Jungs; ins Eingemachte!"

Heidi hatte wirklich eine gute Idee gehabt. Jeder Spank saß und klatschte laut. Ihr Hinterteil rötete sich sichtlich. Nach zehn gingen wir wieder in den Anwärmmodus mit Doppelpatschern.

„Sehr gut. Auf zur nächsten."

Nach der zweiten Serie hatte die Farbe eine bedenkliche Intensität angenommen.

„Brauchst du eine Pause?" Uns war keinesfalls gestattet, uns anvertraute Damen nachhaltig zu schädigen oder gar zu verletzen.

„Wozu? Ihr dürft aber zwischendurch ein bisschen streicheln, wenn ihr wollt." Dem gehorchten wir gern. Unsere bereits kribbelnden Hände wurden mit einem zusätzlichen Wärmeschub bedacht.

Während der dritten Staffel begann Heidi bei jedem Treffer zu keuchen. „Stört euch nicht daran, wenn ich mal ‚aua' schreie. Vergesst nicht, dass ich das will."

Während des fünften Zehnerpacks mischte sich unter Heidis stoßweisen Atem allmählich ein Stöhnen und Quieken. Plötzlich rief sie: „Schneller! Und hört nicht auf!"

Wir hauten drauf wie bei einem Trommelwirbel und Heidi jauchzte. Wir hatten die 60 längst überschritten, als sie ruhiger wurde. „Ihr könnt aufhören", verkündete sie. Ihre Worte klangen wie ein Schnurren.

„Hast du... – hast du...?"

„Klar hab' ich. Endlich! So geht's tatsächlich. Wunderbar!"

„Stehst du nicht auf?"

„Wo denkt ihr hin. Das Sahnehäubchen kommt doch erst. Warum habt ihr eigentlich immer noch eure Hosen an?"

„Wir sind nur... – wir dürfen nicht...."

„So seht ihr aus! Und erzählt mir nicht, dass ihr euer Werkzeug nicht dabei habt. Hosen 'runter! Ich will eure Ständer sehen!"

Leider hatte Heidi recht. Da wir keine Spankingmaschinen sind, lässt uns unsere Arbeit nicht unberührt. Heidis Po war genau in dem Bereich zwischen straff und üppig angesiedelt, den ein Mann besonders mag.

„Einer von euch nimmt bitte den Hocker weg."

Ich tat wie geheißen. Heidi stellte sich hin und spreizte die Beine. „Am besten fängst du gleich an", beschied sie mir.

Mensch, hatte die Heidi ihre Vagina unter Kontrolle! In rhythmischen Wellenbewegungen holte sie alles aus ihrem Besucher heraus, was zu holen war. Sie melkte mich regelrecht. Ich hatte das Gefühl, Heidi nähme mich eher als ich sie. So ein schlaffes Ding hatte selten sein Paradies verlassen. „Puh", entfuhr es mir.

„Du bist verschwitzt, als hättest du gerade die Baugrube für diese Villa eigenhändig mit einer Schaufel ausgehoben", kommentierte mein Kollege.

„Wie ich Heidi kennengelernt habe, bist du auch gleich dran. Dann wirst du's erleben", erwiderte ich keuchend und in vorauseilender Schadenfreude.

„Stimmt", erklärte Heidi fröhlich und sprang von ihrem Bock, „ich mach' mich nur ein bisschen sauber." In einer

Ecke befand sich ein Waschbecken, das sie zielstrebig ansteuerte. Da ihr Kleid beim Aufstehen automatisch in seine Ausgangsposition gefallen war, war von Heidis roter Rückseite nichts mehr zu sehen. Doch, ein bisschen schimmerte sie durch den dünnen Stoff.

Sie feuchtete einen bereit liegenden Waschlappen mit warmem Wasser an, hob ihr Textil vorn hoch und begann sanft an sich zu reiben.

„Heidi?" „Ja?" „Dürfen wir dir zugucken?" Die Antwort war ein triumphierendes Lächeln. „Hab' ich euch doch heißgekriegt. Natürlich dürft ihr zugucken."

Leider war bei mir nicht mehr viel zu machen. Alsbald hatte sich Heidi wieder über ihren Bock gebeugt und der andere wurde in die Pflicht genommen. Mir war, er stöhne noch heftiger als ich.

Dann fanden wir uns in der Küche wieder. Wenn mein Gesicht genauso intensiv gefärbt wie das meines Kollegen war – und ich hatte keinen Zweifel daran –, dann standen unser beider Heidis Po farblich kaum nach und wir durften uns in dem Zustand nicht auf die Straße trauen.

„Ihr wart gut", lobte Heidi, während sie uns Kaffee eingoss. „Ich werde euch bei eurer Agentur abonnieren. Bis auf Weiteres mittwochs um Zehn wie heute. Aber bitte leger und bei schönem Wetter unbedingt in kurzen Hosen. Bei euren Anzügen wär's mir vorhin fast vergangen. Ich werde das ausdrücklich festlegen."

Ihr Kaffee war wirklich gut. „Sag' mal, Heidi, hast du denn keinen Freund?"

„Im Sinn einer festen Beziehung nicht. Mein gutes Stück trainiere ich allein. Dann kommt's mir meistens auch so. Mit einem Mann ist's aber besser."

„Versuchst du nicht, da dran etwas zu ändern – ich meine, am Singledasein?"

„Nein. Ein sogenannter Partner versucht mich nach seinen Vorstellungen zu formen, während ich mit einem Gigo…; entschuldigung!"

Ich lachte. „Ich finde herrlich, dass du dich entschuldigst. Denn es stimmt ja: Wir sind Gigolos, männliche Nutten. Und du hast Recht: Bei unserem Verhältnis bestimmst du, wo's langgeht. Ich muss aber zugeben, dass wir uns von dir gern 'rumkommandieren lassen."

Als mein Kollege und ich den Garten hinter uns hatten und durch das Tor schritten, das das parkähnliche Areal von der Außenwelt abschottete, mussten wir noch etwas zugeben: Dass wir uns auf den nächsten Mittwoch freuten. Selbstverständlich nur wegen Heidis gutem Kaffee.

Kaffeeklatsch bei Christa

‚Hallo Walter! Hast Du Lust, kommenden Samstag im Kreis kultivierter Herren um 15:00 Uhr an einem besonderen Kaffee-KLATSCH im Café Sonnenschein teilzunehmen? Ich mache Dich darauf aufmerksam, dass die Eintrittsgebühr einen Hunni beträgt und Du für Speisen und Getränke ungefähr das Zehnfache des Üblichen ansetzen musst. Dafür wird es auch etwas Besonderes. Sag' ja! Kurt'

Kurt ist ein Schulkamerad von mir, den ich manchmal monatelang nicht sehe, manchmal aber alle paar Tage. Das begründet sich darin, dass er unperiodisch zwischen Hektik- und Apathieschüben hin- und herirrlichtert. Als ich seinen Brief in den Händen hielt, schien damit einer der letzten Art zu Ende gehen zu wollen. Allerdings festigte er auch einen Verdacht, den ich seit Längerem hege: Dass Kurt nicht immer alle Tassen im Schrank hat. Die Schreibweise von Kaffeeklatsch gab mir mehr als zu denken. Ich griff zum Mobiltelefon.

„Kannst du dich dazu näher äußern?"

„Du wirst sehen, das ist eine tolle Sache. Wird dir Spaß machen."

„Deine Preiswarnungen lassen das Ganze verdächtig aussehen. Du bist sicher, dass es sich um nichts Illegales handelt? Drogen oder so?"

„Nein, bestimmt nicht. Nur Spaßiges. Sei kein Frosch!"

So vertrottelt Kurt sein mag, so überzeugend bringt er sich ein, wenn ihn wirklich etwas begeistert. Als ich abschaltete, hatte ich zugesagt und das Gefühl, dass ich der Trottel sei.

Das Café Sonnenschein ist keins, in das ein Gast einfach hineinplatzen und Kaffee und Kuchen bestellen könnte. Es ist nur für gebuchte Veranstaltungen, sogenannte Events geöffnet. Da ich nicht zu großformatigen Feiern neige, betrat ich es an besagtem Samstag zum ersten Mal. Ich war gehalten worden, unbedingt zwischen fünf und zehn vor Drei auf der Matte zu stehen. Da ich ein pünktlicher Mensch bin darüber hinaus neugierig war, traf ich die 7½ Minuten auf den Punkt.

Kurt war schon da. „Hallo Walter", begrüßte er mich, „wir sind fast vollständig, es fehlen nur noch drei, hat der Moderator gesagt. Dann geht's los."

Die drei Fehlenden fanden sich ein und eine gut gekleidete Person räusperte sich. „Willkommen, meine Herren", hub sie an. Ich sah mich um. Tatsächlich nur Männer – oder Herren?! Ich wandte mich wie alle anderen dem Sprecher zu.

„Die einen waren bei unserem monatlichem Treffen bereits öfter zugegen, andere sind neu; diese begrüße ich an dieser Stelle besonders herzlich. Ich werde keine langatmigen Erklärungen abgeben, sondern bitte Sie, geradewegs in unser Café einzutreten. Erlauben Sie mir lediglich, vorher den ausgemachten Obulus einzukassieren. Die Kellnerinnen erwarten Sie unmittelbar am Eingang."

Ich zahlte den ‚Hunni' und folgte mit Kurt der Menge. Ich stellte fest, dass mein Polohemd die unterste Grenze des Dresscodes erfüllte; fast alle Teilnehmer waren in sorgfältig gebügelten Hemden und einige sogar in Jackett und Krawatte erschienen. Der Samstag gilt für mich uneingeschränkt als Freizeittag.

Der Speiseraum war gediegen im Bistrostil eingerichtet. Weiße Tischdecken, Blumenarrangements und Stoffservietten unterstrichen das noble Ambiente. Das war es aber nicht, was mich überraschte. Mich überraschten die angekündigten sechs Kellnerinnen, die uns mit den Gesichtern zur Wand empfingen. Oben mit weißen Blusen angetan, waren es ihr Pobereiche, die für mehr als Würze sorgten. Nicht nur, dass es sich um ultrakurze Fummel handelte, von denen ich später erfuhr, dass es sich um Spankingröcke handelte; sie waren zudem hinten oval ausgeschnitten und legten das Gesäß ihrer Besitzerinnen vollständig frei, da auf Unterwäsche verzichtet worden war. Mich zogen allerdings weniger die gezeigten Rundungen in ihren Bann als die unverhüllten Beine darunter, die ich durchweg als sehenswert taxierte.

„Meine Herren, die Damen sind bereit für unseren Kaffee-KLATSCH; bitte bedienen Sie sich." Der Moderator betonte das Wort ‚klatsch‘, wie Kurt es bereits in seinem Brief getan hatte. „Bitte zu Anfang nur mäßig, denn sie haben ein Recht aufs Anwärmen."

Ohne Federlesens traten die ersten heran und begannen die darbegotenen Hinterteile zu bearbeiten. „Los, komm", forderte Kurt mich auf und stellte sich in die Reihe, „mach‘ dir keine Sorgen, die Mädels werden sehr gut bezahlt und sind Spanking gewohnt."

Ich wusste nicht recht, wie ich mich verhalten sollte, gab aber jedem der ‚Mädels‘ einen hinten drauf, als ich an der Reihe war. „Na, Walter, du bist aber vorsichtig", tadelte Kurt mich. „Es hat geheißen mäßig", verteidigte ich mich. „Schon, aber das war ja nur ein Tätscheln. Na gut, nachher mehr."

Die Speisekarte bot wie angekündigt Snacks, Kuchen und Torten zu Preisen mit dem Faktor zehn gegenüber dem gängigen Niveau. Als Kurt und ich nach unseren Wünschen gefragt wurden, wirkte das beinahe normal. „Ein Stück Schokosahne und einen Kaffee, dazu ein Mineralwasser classic", sagte ich und schlug die Karte zu. Kurt verlangte etwas Warmes und ein Bier, schlug aber nicht die Karte zu, sondern der Kellnerin fest auf den Po, als sie sich abwandte.

„Du musst es nutzen, wenn sie sich dir nähern", wies er mich an, „dafür sind sie da."

Kopfschüttelnd ließ ich mir das Bestellte auftischen. Auf der Brust, das heißt auf der Bluse in Brusthöhe war ein Schildchen angesteckt, auf den die Vornamen der dienstbaren Geister gedruckt waren. Unserer hieß Christa. „Bitte sehr." Dann drehte sich die Frau um. „Möchten Sie nicht?"

So bizarr mir das Ganze vorkam: Ein bisschen Spaß bereitete es schon, nach Belieben weiblichen Hinterteilen einen Klaps zu verpassen. Sie waren mittlerweile recht gerötet und warm; das schien ihren Trägerinnen aber nichts auszumachen. Als alle beim Essen waren, schlenderten die Damen in Griffweite um die Tische herum, sodass sie den Männern ständig zur Verfügung standen. Folglich begleitete ständiges Klatschen die Stille der Gefräßigkeit. Ich ertappte mich, dass meine Blicke nicht an den gefärbten Rundungen hängenblieben, sondern eine Etage tiefer. Besonders Christas Fahrgestell hatte es mir angetan, denn es war das längste und formvollendetste von allen.

Irgendwann war alles abgeräumt und die Rechnungen kamen. Ich zahlte und dachte, sie wäre damit erledigt, aber Kurt sagte zu mir: „Du hast das Trinkgeld vergessen." „Wie bitte? Ich hab' satt aufgerundet." „Das meine ich nicht." „Und was meinst du?" „Für jede Zehnerstelle erwarten die Kellnerinnen eine Liebkosung. Das macht bei dir zehn und bei mir 14." „Liebkosung?" „Ach, Walter, du hast's immer noch nicht begriffen. Das ist ein Kaffee-KLATSCH.

Kommen Sie bitte her." Das war an Christa adressiert. Sie tat wie ihr geheißen und drehte Kurt ihre Kehrseite zu. Kurt zählte ihr seine 14 ab und schickte sie zu mir. Als ich begann, rutschte ihr ein leises „gottseidank!" heraus. Bisher hatte sie sich ausschließlich geäußert, wenn es um das Handwerkliche ging, aber nie zum Spanking, als dessen Objekt sie herhielt. Ich hielt kurz inne. „Machen Sie bitte weiter; ich finde gut, dass Sie Linkshänder sind. Das macht's ausgeglichener." Ich äußerte ein tröstendes „das freut mich" und zählte meine zehn zu Ende.

„Das hätte sie eigentlich nicht sagen dürfen", bemerkte Kurt, nachdem Christa uns allein gelassen hatte. „Spinn' bitte nicht. Es handelt sich um einen Menschen und keinen Roboter." „Schon gut, ich reite ja nicht drauf 'rum."

Der Moderator bat um Aufmerksamkeit. „Ich hoffe, Sie hatten Ihren Spaß und hoffe, Sie das nächste Mal wieder bei uns begrüßen zu dürfen." Mich ganz bestimmt nicht, dachte ich. „Wir beenden unser trautes Zusammensein wie immer mit dem Abschieds-KLATSCH. Die Damen stellen sich ein letztes Mal in Positur und Sie dürfen sich bedienen. Ich wünsche Ihnen einen guten Nachhauseweg. Auf Wiedersehen."

Ich haute noch auf einige Backen, vermied aber die Christas. Dann standen Kurt und ich draußen. „Ich glaube, das hat dich nicht so recht angemacht", meinte er niedergeschlagen. „Nein, Kurt, wirklich nicht. Weiterhin gern gemeinsame Ausflüge oder Saufabende in der Kneipe, aber für solche Peinlichkeiten such' dir bitte andere Kumpels."

Wir schafften eine einigermaßen versöhnliche Verabschiedung. Ich stieg mit dem Gedanken in mein Auto, dass sich meine seit Jahrzehnten gehegte Vermutung, Kurt habe nicht alle Tassen im Schrank, seit heute in Gewissheit verwandelt hatte.

In der Nacht träumte ich von herrlichen Frauenbeinen. Mein Unterbewusstsein sagte mir, dass sie einer Christa gehörten. –

Wenige Tage später hatte ich in einem Stadtbezirk, in den es mich selten verschlägt, einen Termin. Ich hatte befürchtet, es würde bis in die Puppen gehen, aber die Verhandlungen verliefen angenehm und endeten für mich mit einem guten Ergebnis. Um halb Sechs verließ ich meinen Geschäftspartner und überlegte. Meine Bleibe würde auch ein Stündchen länger auf mich warten, ohne sich zu beschweren; wie wär's mit einer kleinen Belohnung für mich von mir?

Auf der anderen Straßenseite lockte ein verspieltes Café. ‚Öffnungszeiten Montag bis Freitag 8:00 Uhr bis 18:00 Uhr' stand da. Eine halbe Stunde blieb mir.

Ich trat ein. Wie für ein Tagescafé üblich war um diese Zeit nicht mehr viel los. Ich nahm an einem leeren Tisch Platz und blätterte in der Karte. Meistens kam ich zum selben Ergebnis. „Bitte schön?" „Haben Sie noch ein Stück Schokosahne?" „Ich frag' mal."

Als sich die Kellnerin umdrehte, um das Gewünschte in Erfahrung zu bringen, vibrierte in mir eine Saite. Konnte das…?

„Ja, ist noch da." „Bestens; dazu bitte einen Kaffee."

Ich versuchte mich normal zu benehmen, aber mein Blick wurde von der hin- und hereilenden Angestellten magisch angezogen. Hier wurde offenbar niemand gezwungen, in kurzen schwarzen Röcken und albernen weißen Schürzchen herumzulaufen, denn meine Bedienung trug ganz normal Jeans und T-Shirt.

Ich dehnte meinen Kaffee bis zur Neige aus. Mittlerweile war ich der letzte Gast und das Hin- und Hereilen diente dem Zweck, bereits möglichst viel aufgeräumt zu haben, wenn das Lokal schloss. „Entschuldigung, darf ich bitte abkassieren? Wir machen zu."

„Selbstverständlich." Ich reichte einen Schein hin. „Stimmt so." Zwei wunderschöne Rehaugen sahen mich groß an. „Entschuldigung, Sie haben sich vertan. Das ist viel zuviel." „Für Sie nicht, glauben Sie's mir." Ich stand auf und hinterließ Ratlosigkeit. „Vielen, vielen Dank", hauchte eine betörende Stimme hinter mir her, „einen schönen Abend."

Wie sollte ich es hinbekommen, aus diesem Abend tatsächlich einen schönen zu machen? Mir war klar, dass die Mitarbeiter des Gaststättengewerbes noch lange nicht Feierabend haben, wenn ihr Etablissement den Gästen nicht mehr zur Verfügung steht. Ich hatte allerdings keine Ahnung, wie lange sich das Warten ausdehnen würde.

Das Café liegt an einer Hauptachse, die sogar eine Straßenbahn befährt. Offensichtlich befand ich mich soweit außerhalb, dass deren Takt auf halbstündlich geschrumpft ist. Ich wartete zwei Fahrzeuge in jede Richtung und einen dritten Triebwagen ab, der gerade abgefahren war, als die Kellnerin herausstürzte und „oh, Mist!" rief.

„Haben Sie sie verpasst?" Die Rehaugen von vorhin sahen mich an. Die Frau schien nicht überrascht zu sein, mich hier zu sehen. Wenn sie nicht ein Gedächtnis wie ein Sieb hatte, musste sie sich an mich erinnern. „Ja, leider. Jetzt muss ich eine halbe Stunde blöd 'rumlungern; öfter fahren die Dinger hier draußen nicht."

„Sie müssen nicht. Wenn Sie einverstanden sind, fahre ich Sie nach Hause."

Sie zierte sich erstaunlich wenig. „Hoffentlich wohnen Sie in meine Richtung." „Das ist doch völlig egal." Als sie in mein Auto gestiegen war, sah sie sich darin um wie in einer Mondrakete. „So etwas habe ich noch nie gesehen – von innen, meine ich." Ich fragte mich erschrocken und zu spät, ob ich nicht wie ein Angeber wirkte, denn das hatte ich auf keinen Fall beabsichtigt. Nun war es nicht mehr zu ändern. Der Preis meines Wagens dürfte für sie den Gegenwert mehrerer Brutto-Jahresgehälter beziffern.

„Sie müssten mir bitte Ihre Adresse mitteilen, damit ich das Navi aktivieren kann", bat ich den Traum neben mir. „Birkenweg 25." „Danke." Eine Weile fingerte ich herum, dann hatte mein Gerät es begriffen und begann mich zu leiten.

Während der Fahrt sagten wir nicht viel. Zum Glück ging es nicht durch die Innenstadt, sondern an der Peripherie entlang, sodass wir nach 20 Minuten am Ziel waren.

„Danke." „Warten Sie, ich begleite Sie in Ihre Wohnung." Fast war ich über meinen Mut schockiert. Das Angebot war heraus, bevor ich darüber nachgedacht hatte, ob es schicklich sei. Ich war überzeugt, dass meine Beifahrerin 'rausspringen, empört die Tür zuschlagen und davonstolzieren oder mir sogar eine 'runterhauen würde, aber zu meiner grenzenlosen Überraschung kam die Antwort: „Das ist nett, vielen Dank."

Ich fand zum Glück rasch einen Parkplatz. Wir verließen meinen Protzboliden und stiegen in einem leicht heruntergekommenen Mietshaus Treppen hoch. „Ich wohne im zweiten Stock." Die Hausschlüssel klimperten und wie selbstverständlich betrat ich hinter der Besitzerin die Wohnung, die nicht versuchte, mir das zu verwehren.

Ich sah mich um. Alles wirkte sauber und ordentlich, aber für Designikonen stand diesem Haushalt kein Geld zur Verfügung. „Ich kann Ihnen leider nur einen Kaffee anbieten." Was Kaffee angeht heißt meine Blutgruppe Arabica. „Gern." „Kommen Sie bitte in die Küche."

Während die Maschine das Getränk erbrach, setzten wir uns auf Holzstühle einfachster Machart. „Haben Sie mich erkannt?" fragte ich rundheraus.

„Ja, sofort. Und Sie mich?"

„Auch sofort, Christa. Das heißt, es war Ihre Stimme, die mir Gewissheit gab. Ihr Outfit am Samstag unterschied sich ja beträchtlich von ihrer Zivilkleidung heute, wenn ich so sagen darf."

„Wenn es nur Spankingröcke wären. Dass das ein Mann gern sieht und dass es ihn juckt, da mal einen Klaps hinten draufzugeben, da hab' ich volles Verständnis für; aber das mit dem ausgeschnittenen Arsch... – entschuldigung, das ist entwürdigend."

„Warum entschuldigen Sie sich? Ich bin es ja, den Sie für den ordinärsten perversen Bock halten müssen."

„Komischerweise nicht. Sie kamen mir völlig anders als der Rest der Party vor."

„Das heißt, in Ihnen geht sehr wohl etwas vor, obwohl Sie sich wie Roboter benehmen."

Christa holte zwei Tassen aus dem Schrank und stellte sie auf den Tisch. „Milch? Zucker?" „Nur Milch bitte."

Wir tranken einige Schlucke. „Selbstverständlich. Wir sind ja keine, obwohl wir angewiesen sind, uns so zu verhalten.

Sie müssen mich für eine Nutte halten, richtigen Dreck. Wissen Sie, ich bekomme für die gut zwei Stunden einen Riesen plus die Trinkgelder. Vermutlich haben Sie keine

Vorstellung, wieviel Geld das für mich ist. In meinem regulären Job muss ich dafür drei Wochen arbeiten."

„Doch, habe ich. Und glauben Sie mir bitte, dass ich Sie nicht für Dreck halte. Das müsste ich eher für Sie sein."

„Ich hatte das Gefühl, Sie hätten sich da 'rein verirrt."

„Wer sich entschuldigt, klagt sich an. Deshalb werde das nicht tun. Das Leben hat Ihnen nicht gut mitgespielt?"

„Ich hatte hin und wieder ein paar Typen. Vermutlich bin ich zu mitleidig. Alle hatten ständig Geldnot und baten mich, ihnen zu helfen. Ich dumme Kuh tat das auch und zum Schluss hatte ich selber nichts mehr außer einem Haufen Schulden und die Typen waren über alle Berge. Da half auch kein Abitur. Das Ergebnis sehen Sie ja." Christa wies mit der Hand um sich.

„Eins war mir aufgefallen. Sie und Ihre Kolleginnen kriegten zwar hinten drauf, aber sonst war nichts."

„Zum Glück. Es ist extra eine Veranstaltung ohne GV, sonst ...." „GV?" Zum ersten Mal überhaupt, seit ich Christa gesehen hatte, lächelte sie. Es war wie die Sonne, die nach wochenlangen Regenfällen durch die Wolken bricht. Unwiderstehlich. „Walter, Sie sind herrlich. GV heißt Geschlechtsverkehr. Sie hatten sich wirklich verirrt."

Jetzt war ich mit Staunen an der Reihe. Die Damen im Café Sonnenschein hatten zwar Namensschildchen getragen, aber wir Gäste nicht. Christa konnte nur mitbekommen haben, wie Kurt mich ansprach. Sie hatte jede Menge anderer Gäste zu bedienen gehabt – und sich von ihnen bedienen lassen –, aber sie hatte sich unmöglich alle gemerkt. Sie fuhr fort: „...sonst wäre ich wirklich eine Nutte.

Ich bekomme Anfragen, ob ich nicht auch privat.... Naja, hin und wieder hole ich einen dieser Kerle her. Er darf mir den Po polieren, aber mehr nicht. Wenn's ihn überkommt und er sich einen wichst, darf er mein Bad benutzen."

Wir schwiegen eine Weile. Dann räusperte ich mich. „Darf ich fragen, wieviel Sie verlangen?"

„Sehen Sie sich um. Wegen des primitiven Ambientes kann ich nicht mehr als zweihundert nehmen. Meine einzigen Einrichtungen sind Tisch und Stuhl. Entweder bücke ich mich über den Tisch oder er setzt sich auf den Stuhl und ich lege mich über seinen Schoß. Körperlich macht's mir nichts aus; ich bin gut gepolstert."

Soviel Geld hatte ich dabei. Ich kramte die Summe aus meinem Portemonnaie und deponierte sie neben Christas Tasse. Ihr Gesicht zerfiel förmlich vor Enttäuschung. Sie schluckte. „Schade, ich hatte gehofft.... Sei's drum. Tisch oder Stuhl?"

„Die dritte Variante."

„Soll ich einen Handstand machen?"

„Schlagfertige Antwort, klasse! Wenn Sie einen Rock anhätten, wäre das in Betracht zu ziehen. Das Kleidungsstück verhält sich immer schwerkraftkonform.

Nein, ich meine virtuell."

„Was bitte?"

„Nur im Geist. Ich stelle mir vor, ich würde Ihren Hintern versohlen und Sie stellen sich vor, Sie würden gespankt, sagen wir 60 Schläge. Und das hier ist Ihr Lohn dafür."

Christa sah mich zunächst fassungslos an. Dann begann ihr Blick zwischen meinem Gesicht und den Scheinen auf dem Tisch hin und her zu wandern. „Das... – das kann ich nicht annehmen."

„Ich bestehe darauf!"

Sie schwieg eine Weile. „Okay, vielen Dank. Aber etwas tue ich für mein Geld. Haben Sie bitte zwei Minuten Geduld." „Gern."

Ich hörte im Nebenzimmer eine Schranktür gehen und Rascheln. Dann kam Christa zurück. Sie hatte ihre Jeanshose gegen einen Rock glockiger, luftiger Machart desselben Stoffs getauscht, der knapp über dem Knie endete. Mangels Entscheidungsfähigkeit tasteten sich meine Sehwerkzeuge abwechselnd hoch und 'runter.

146

„Ich führe Ihnen zwei wissenschaftliche Experimente vor."
Ich blieb vor Überraschung stumm. „Das mit der Schwerkraft ist das zweite. Zunächst ist aber die Zentrifugalkraft
dran." Das überzeugte mich, dass ihr vorhin geäußerter
Satz vom Abitur auf Wahrheit beruhte. Zu sprechen war
ich immer noch unfähig.

Christa begann sich um die eigene Achse zu drehen, zunächst verhalten, dann immer schneller. Je schneller sie
kreiste, desto höher hob sich der Rocksaum, bis besagte
Zentrifugalkraft bewirkte, dass sich mir ihr Slip und ihre
wirbelnden Beine vollständig erschlossen. Jene Beine, die
während der vergangenen Nächte meinen Schlaf versüßt
hatten. Mit traumwandlerischer Sicherheit hatte Christa
am Samstag durchschaut, worauf mein Augenmerk gerichtet war, und bot mir nun eine Exklusivvorführung.

Sie verringerte ihre Winkelgeschwindigkeit, blieb stehen
und wandte mir ihr Gesicht zu. „So, jetzt die Schwerkraft.
Würden Sie bitte meine Fesseln festhalten, wenn ich oben
bin?"

Bevor ich mich's versah, stieß sich Christa ab und stellte
sich auf ihre Hände. Schnell sprang ich hinzu und ergriff
wie erbeten ihre Unterschenkel. Ihre Knöchel ragten zu
weit in den Himmel, als dass ich sie bequem zu fassen
gekriegt hätte. Es gab nichts zu bedauern. Welch wunderbar geschmeidige Haut wärmte meine Hände!

Der Rock gehorchte tatsächlich der Schwerkraft und fiel
bis zu Christas Hals hinunter. Die Innenansicht zweier
Frauenschenkel in gemäßigter V-Stellung, die in einem
sexy Höschen endeten, katapultierte mich in galaktische
Sphären. Wenigstens fand ich meine Stimme wieder. „So
etwas Aufregendes hab' ich noch nie gesehen. Wie lange
halten Sie aus?" „Ein paar Minuten sicher. Sie haben ja
genug bezahlt." Ich war Christa dankbar, dass sie sich
unten herum bedeckt gehalten hatte. Ein gewisses Geheimnis sollte die Pforte zum Paradies bis zum Schluss
wahren.

Nach drei Minuten sah ich schweren Herzens ein, dass das Ende von Christas Leidensfähigkeit erreicht sein müsse, und half ihr, sich wieder richtig herum zu orientieren. Erst jetzt nahm ich wahr, dass wir uns auf Augenhöhe befanden. Klar, ein endloses Untergestell führt dazu, dass der Rest darüber eine ganz schöne Höhe über normal Null erreicht.

„Das war viel schöner als spanken. Dafür muss ich deutlich mehr bezahlen."

„Quatsch! Du musst gar nichts bezahlen." Die Rehaugen hypnotisierten mich. Ich trat an Christa heran und hauchte ihr einen Kuss auf die linke Wange. Dann hauchte ich ihr einen Kuss auf die rechte Wange. Christa kam mir entgegen, indem sie sich leicht nach links drehte.

Ich küsste ihre linke Wange und streichelte mit der linken Hand ihre rechte. Wie zart, wie erotisch fühlte sich das an! Dann das gleiche seitenverkehrt. Christa versuchte sichtlich, mir mein Vorgehen mit ihrer Kopfhaltung zu erleichtern. Dann arbeitete ich mich an Christas Wangen kontinuierlich nach vorn, bis unser beider Münder sich trafen. Zunächst auch die Lippen nur aneinander gehaucht, intensivierten sich deren Berührungen, bis unsere Zungen wie zwei Kätzchen miteinander spielten. Angenehm, dass ich mich nicht zu bücken oder in die Kniee zu gehen brauchte.

Zu einem bestimmten Zweck war es kurz nötig, mich aus Christas magischem Bann zu lösen. „Christa?" „Ja?" „Willst du's mit mir versuchen?" „Ja, Walter. Ich will!"

Cordula vor dem Spiegel

Wenn ich mich in einem ebenen Spiegel vollständig ab-gebildet sehen möchte, brauche ich einen, der mindestens halb so groß wie ich selbst ist. Das liegt daran, dass Gegenstands- und Bildweite zu Gegenstands- und Bild-größe immer dasselbe Verhältnis zueinander bilden und führt zu der überraschenden Konsequenz, dass ich mich in einem Spiegel immer gleich groß sehe, gleichgültig, wie weit ich mich ihm nähere oder von ihm entferne.

Cordulas Wohnung ist modern, aber nicht übermäßig designüberlastet eingerichtet. Vermutlich liegt das daran, dass Stilikonen ihren Preis haben, den nicht jeder aufzu-bringen vermag. Cordula hat zweifellos getan, was im Be-reich ihrer Möglichkeiten lag. Ein Gegenstand sticht aus allem heraus: Ein Riesending von Tiffanyspiegel, für den eine Wohnzimmerwand reserviert ist und in dem sich prak-tisch das gesamte Mobiliar wiederfindet.

„Das Ding erschlägt ja alles", wagte ich zu bemerken, als wir uns bereits eine Weile kannten und ich hoffte, dass un-sere Freundschaft die leise Kritik vertrug.

Cordula zögerte mit der Antwort. Schließlich gab sie zu: „Ich beobachte mich gern, wie ich hier herumwerke."

„Staubsaugen, Tisch abwischen, Kissen richten und so?"

„Auch das."

Eine komische Aussage. Natürlich geschah das alles nicht, wenn ich zu Besuch war, sodass sich mir ihr wahrer Sinn nicht erschloss. Ich wagte einen Vorstoß. „Soll ich dich dabei filmen? Dann kannst du dich auf dem Bild-schirm so oft anschauen wie du willst." „Das möchte ich nicht." „Warum nicht?" „Weißt du, wo Aufnahmen – Fotos oder Filme – irgendwann landen, ist heute nicht mehr kontrollierbar. Der Spiegel sieht alles und schweigt für immer."

Obwohl hier leises Misstrauen mir gegenüber mitschwang, akzeptierte ich den Einwand. „Schon recht. War nur so eine spontane Idee."

Die Neugier blieb. Eins war mir aufgefallen: Cordula läuft gern in einem weißen Unterrock in ihrer Wohung herum und ziert sich nicht, das auch in meiner Gegenwart zu tun. Ich denke, das liegt daran, dass sie Sex mit großem Trara, ausgedehntem Vorspiel, Kerzenlicht und sanfter Musik nicht gewogen ist, sondern Quickys bevorzugt, für die der genannte Aufzug ideal ist. Wir hatten eine Weile herumprobiert, bis wir auf einen breiten Hocker kamen, den wir in genau dem richtigen Abstand quer vor dem Bücherregal platzierten und auf den sich Cordula stellt, um mir ihre Kehrseite in genau der richtigen Höhe zu präsentieren. Sie ist nämlich recht klein und es hätte anders nicht gepasst. Sie stützt sich auf ein Bord des Regals, auf dem Goethes gesammelte Werke ihren Platz fanden. Zu Cordulas Ehre muss ich hinzufügen, dass sie sie gelesen hat.

Es ist kaum möglich, angesichts einer schnuckligen Frau wie Cordula lange entspannt zu bleiben, zumal sie es liebt, sich mir gegenüber niederzulassen und ihre Beine leicht zu öffnen. Ein verborgener Schatz unter dem Stoff ihres Höschens lacht mich auf diese Weise unaufhörlich an. Cordula taxiert mich ihrer Meinung nach unauffällig – auch Männer spüren so etwas – und wenn sie glaubt, dass ich soweit bin, steht sie wortlos auf, stellt sich auf den Hocker, lässt ihren Slip fallen, spreizt die Beine und beugt sich Richtung Goethe.

Trotz der karnickelhaften Schnelligkeit des Akts kommt Cordula gut. Zumindest nehme ich das an, denn sie ist schön feucht und stellt keine weiteren Forderungen. Danach sortieren wir uns und unterhalten uns weiter über klassische Literatur, Kunst und Architektur, als wäre nichts geschehen. Während eines Besuchs schaffe ich zwei bis drei Erfrischungen zwischendurch.

Hin und wieder trinken wir einen Kaffee oder essen eine Kleinigkeit. Cordula besitzt keine Spülmaschine und so kommt es, dass wir wechselweise abwaschen. Als ich einmal dran war, fiel mir ein, dass ich vergessen hatte, Cordula nach ihrer Meinung zu einem Kapitel in Max Frischs ‚Mein Name sei Gantenbein' zu fragen. Um es nicht zu vergessen, trat ich mit Geschirrhandtuch in der einen und Porzellanteller in der anderen Hand ins Wohnzimmer und sah....

Neben dem Riesenspiegel liegt auf einer Kommode immer eine Haarbürste. Ich hatte nie erlebt, dass sich Cordula damit kämmt, und vermutet, dass sie das tut, wenn sie allein ist. Als ich das Wohnzimmer erreicht hatte, stand sie vor ihrem Abbild und hielt den Bürstenstiel umfasst. Statt das Werkzeug zum Kopf zu führen, federte Cordula es jedoch in der Hand und haute sich damit plötzlich heftig auf den Po. In diesem Augenblick nahm sie wohl die Bewegung hinter sich wahr, drehte sich abrupt um und wurde rot.

Zunächst sagten wir beide nichts. Cordula fasste sich schnell. „Jetzt hast du's gesehen", meinte sie beinahe erleichtert. „Hm. Ich finde nichts Schlimmes dabei", beruhigte ich sie. Was sollte ich mit einem Geschirrtuch und Zerbrechlichem in der Hand auch schlimm finden außer, dass mir der Teller entgleitet und auf dem Boden in tausend Teile zersplittert. „Pass' auf", schlug ich vor, „ich beende den Abwasch und dann könnten wir etwas zu bereden haben. Einverstanden?"

Cordula nickte.

Der Abwasch war beendet. „Nun?"

„Okay, lass' mich anfangen." Cordula hatte sich sichtlich eine Strategie zurechtgelegt. „Eigentlich gibt's nicht viel zu erklären. Ich mag es, wenn es hinten brennt."

„Warum hast du mir das nie erzählt?"

„Ich hatte befürchtet, du hieltest mich für pervers."

„Cordula. Hast du nie darüber nachgedacht, dass das für einen Mann erregend sein kann?"

„Hm, ja. Aber ich wusste nicht, wie ich das in Erfahrung bringen sollte."

„Wann spankst du dich?"

„Normalerweise, wenn ich den ganzen Tag allein bin oder du weg bist, aber nicht zu spät abends. Das macht nämlich richtig munter und irgendwann möchte ich schlafen. Davor geht ja nicht, denn dann würde mich mein Pavianpo verraten."

„So fest?"

„Wenn schon, denn schon. Ich habe mit meiner Spankingbürste – so nenne ich sie – mittlerweile einige Übung. Ich kämme mich nie mit ihr; mir ist immer nur ihre Flachseite dienlich."

„Cordula?" „Ja?" „Kannst du dir vorstellen...?"

Cordula wusste sofort, worauf ich hinaus wollte. „Soso. Du verhaust also gern Mädchen."

Ich druckste verlegen herum. „Naja, ich hatte schon immer überlegt, ob ich dir mal einen hinten drauf...; ich muss zugeben, dass dich deine Bildung geschützt hat."

Cordula lachte. „Die Intellektuellen. Gut zu wissen, dass das abschreckt. Dabei ist sind Unterrock und Höschen doch einladend genug. Ich frage mich schon lange, wann du endlich darauf kommst."

„Und heute hast du's provoziert?"

„Nicht direkt, obwohl ich mir immer mal wieder vornahm, mich zu outen. Es gebrach mir aber stets an Mut. Vorhin dachte ich tatsächlich, dass du lange genug in der Küche beschäftigt sein wirst. Ich... – ich konnte nicht widerstehen. Wenigstens einen, nagte es in mir."

„Und wenn ich's gesehen hätte? Nicht, was ich gesehen habe, sondern einen roten Fleck auf einem bestimmten Körperteil."

„Ach, den einen.... Außerdem hast du mich heute bereits drei Mal vollgespritzt. Öfter hast du's bisher nie geschafft."

„Es gab keinen besonderen Anreiz."

Cordula grinste. „Also gut. Aber die Regeln bestimme ich."

„Einverstanden. Wie stellst du's dir vor?"

„Wie immer. Im Stehen vor dem Spiegel und mit meiner Bürste. Ahnst du, warum ich mich sehen will?"

„Hm. Dein Gesicht bei einem Treffer?"

„Genau. Ich übe einmal, fest zuzuschlagen, ohne dass ich eine Miene verziehe, und einmal, bei jedem Aufprall selig zu lächeln."

„Dann werde ich die Dosierung üben müssen."

„Hau ruhig kräftig drauf. Schlimmstenfalls melde ich mich. Die Klamotten lasse ich an. Auf den Nackten würde mich, glaube ich, nicht anmachen. Ich muss meine Unterwäsche wedeln sehen. Komm, wir probieren es."

Cordula baute sich vor ihrem Tiffanyungeheuer auf. Ich nahm das Folterinstrument und wog es in der Hand. „Richtig, du bist ja Linkshänder. Na, macht nichts. Stell' dich halt rechts von mir auf."

Ich hätte nie gedacht, wie laut eine gewöhnliche Haarbürste auf eine appetitliche Unterlage wie Cordulas Kehrseite klatscht. „Klasse, als hättest du nie etwas anderes gemacht", lobte sie mich, „jetzt bitte vertaktet." „Keine zum Aufwärmen?" „Ach wo, er ist verpackt." „Wann soll ich aufhören?" „Entweder rufe ich ‚stop' oder du merkst es von selbst."

Ich legte los. Ich stand so, dass ich mich selbst in dem Spiegel nicht sah, aber Cordulas Gesicht umso deutlicher. „Du hast demnach ‚keine Miene verziehen' gewählt?" erkundigte ich mich, als ich nach ungefähr zehn Schlägen meine Tätigkeit kurz unterbrach.

„Soll ich auf seliges Lächeln umstellen?" „Das wäre geil."

Cordula brachte das tatsächlich fertig, obwohl ich recht heftig hinlangte. Sie musste ziemliche Schmerzen erleiden, schloss aber sogar die Augen und begann zu schnurren. „Guter Sound und guter Rhythmus. Mach' so weiter", ermunterte sie mich, als ich nachzulassen drohte.

Bald wusste ich, was sie mit ‚du merkst es von selbst' gemeint hatte. Sie begann zu stöhnen und zu jauchzen und fing an, mit ihrem Unterleib vor und zurück zu wackeln. „Boah!" keuchte sie plötzlich, „super! Ich..., ich...." Dann vermochte sie vor Erregung nicht mehr zu sprechen. Wie hypnotisiert bannte mich Cordulas Gesicht, als sie kam. „Boah!" rief sie immer wieder. „Aua! Wow!" Dann ging ihr Stöhnen in Keuchen über und ich erkannte, dass ich allmählich nachlassen sollte. Nur noch symbolisch berührte die Bürste ihr Ziel und schließlich gar nicht mehr. Ich legte sie beiseite und fuhr sanft mit meinen Händen über Cordulas Rundungen. Allmählich ging ihr Keuchen in tiefes Durchatmen über. „Ohne jede weitere Stimulation, klasse! Ich danke dir."

Ich spürte durch die doppelte Lage, wie heiß Cordulas Haut geworden war. „Verrückt. Ich quäle dich und du bedankst dich."

„Qual, aber eine schöne. Wie sieht's bei dir aus?"

„Naja, ich darf mich nicht zu heftig bewegen, sonst kommt's mir. Die Spannung der Hose...."

„Dann haben wir keine Zeit zu verlieren." Cordula kniete vor mich hin, öffnete meine behindernden Beinkleider und ließ sie zu Boden rutschen. Dann kam die nächste Überraschung. Ohne Federlesens nahm sie mein bestes Stück, steckte es in ihren Mund und begann daran herumzulutschen. Naturgemäß hatte sie nicht allzuviel zu tun, bevor es losging. Ich glaube, es war der beste Orgasmus meines Lebens. Jetzt war ich es, der stöhnte und jauchzte.

Nach einer ganzen Weile ließ Cordula von mir ab. Bevor sie etwas sagte, schluckte sie einige Male. „So, jetzt kommt nichts mehr, glaube ich." Ich sah mich um. Die ganze Aktion war praktisch aseptisch verlaufen. Meinen Schwanz hatte Cordula pieksauber geleckt und bei ihr schimmerte durch das Weiß ihrer Wäsche ein bisschen rot durch, aber um das zu sehen, musste man wissen, wohin man zu schauen hatte. Als hätte sie meine Gedanken erraten, legte Cordula ihre Hand auf die Stelle und rieb sie sachte. „Das nächste Mal ziehst du dich zumindest unten 'rum aus, dann passiert das nicht wieder."

„Das war doch gar nicht schlecht, was da passiert ist", seufzte ich schwärmerisch.

„Sicher, aber ursprünglich wollte ich deinem Kleinen eine Portion heißen Po servieren."

„Was nicht ist, kann noch werden."

„Ich bin gespannt. Ich spül' mir mal den Mund aus."

Ich gebe zu, dass es eine ganze Weile dauerte, bis mein Ständer erneut erwachte, aber es geschah rechtzeitig, bevor Cordulas Rückseite abgekühlt war. Die wunderbare Frau tat alles, um mich zu animieren. Sie hatte ihr Höschen ausgezogen und stolzierte vor mir auf und ab, mal mit bedeckter Blöße und mal mit kokett über die Hüfte geschobenem Stoff. Ich durfte nach Belieben an ihren Beinen und Brüsten herumgrapschen. Ihre hauchzarten Pausbäckchen hatte Cordula zum Streicheln und Küssen freigegeben. Ihr Mund hieß meine Zunge herzlich willkommen. Das schmackhafteste Abendessen, das ich je genießen durfte, war zudem kalorienfrei.

Königin Regina

Sie hat es geschafft. Mit zäher Disziplin und eisernem Fleiß ist sie zur bekanntesten und bestbezahlten Schlagersängerin des Landes aufgestiegen. Sie hat ihren Vornamen zu einem Markenzeichen hochstilisiert und die Menge fügte ihm, als wäre er nicht bereits königlich genug, den Präfix Königin hinzu. Regina ist das lateinische Wort für Königin und Königin Regina folglich eine Tautologie, eine sich wiederholende Aussage im selben Begriff. Das stört aber niemanden, was hauptsächlich darauf zurückzuführen sein dürfte, dass es die wenigsten wissen.

Nun sonnt sich Regina in ihrem Ruhm. Allzuviel Gelegenheit bleibt ihr nicht zum Sonnen, denn auf dem Gipfel der Popularität herrscht strenge Terminhetze, die ein Privatleben praktisch ausschließt. Es beschränkt sich normalerweise auf die wenigen Stunden, die sie in einem Hotelzimmerbett liegt und zu schlafen versucht. Auch das gelingt nicht immer, denn ständig kreisen die Gedanken um die nächsten Titel, die ihre Produzenten immer noch nicht fertig haben, obwohl ihre Anhänger bereits danach schreien, die kleine Unpässlichkeit bezüglich ihrer Stimme, die sich hoffentlich nicht zu einer veritablen Erkältung auswächst, und….

Heute Morgen hatte sie ein kurzes Gespräch mit einer ihrer administrativen Hilfen. Obwohl eigentlich keine Sekunde Zeit für so etwas bleibt, muss ein sogenannter Star tun, als hätte er ein Ohr für seine Fans. Allein tausende von Facebook-Messengers stürzen täglich auf jemanden wie Regina ein, die irgend jemand sichten und sortieren muss. Dieser Jemand besteht in ihrem Fall aus einer Kompanie jener administrativen Hilfen. Sehr selten lässt einer aus der Kompanie eine Message zu Regina durch.

„Hier schlägt jemand vor", hatte ihr Jessica mitgeteilt, „dass du einmal beim berühmtesten Schwermetallfestival im Watt auftreten sollst." „Was für eine Idee", war Reginas Antwort gewesen, „ich bin doch eine Schlagersängerin."

„Das weiß dein Fan, aber hör' dir mal sein Argument an: ‚Heino hat bis zu seinem Siebzigsten gewartet und einen Bombenerfolg eingefahren. Willst du auch so alt werden?'" Regina hatte gelacht und die Sache vergessen.

Hatte sie sich eingebildet. Nun wälzte sie sich in ihrem Bett herum und wurde den Gedanken nicht mehr los. Einige Tage ließ sie ihn sich setzen, dann wandte sie sich an Jessica. „Hast du die Message noch – ich meine die von dem Typ, der mich ins Watt lotsen will?" „Müsste ich. Augenblick...; ja, hier ist sie." „Heb' sie bitte auf. Mir wandert die Sache im Kopf herum." Jessica sah ihre Chefin erstaunt an.

Einige weitere Tage später sprach Regina mit ihrem Produzenten Ingo. Dem klappte sich fast der Laptop von allein zu. „Was willst du?" „Seit wann bist du schwerhörig? Im Watt auftreten." „Aber... – aber du bist eine Schlagersängerin und das ist ein heavy metal-Konzert." „Das weiß ich. Glaubst du, ich kann das nicht?" „Jetzt sei nicht gleich beleidigt; ich hab' keinen Zweifel daran, dass du das kannst. Aber du würdest dein Image nachhaltig zerstören." „Sagen wir verändern. Kann es nicht sein, dass ich das will? Wer im Watt auftritt, wird sicher nie wieder als Hupfdohle abqualifiziert werden." „Soso, die Dame möchte höher hinauf. Bist du überzeugt, dass jaulende Gitarren, dass die Gläser zerspringen, und hämmernde Bässe, dass die Hunde heulend davonlaufen, eine Beförderung bedeuten?" „Soso", konterte Regina, „der Herr Produzent hat also eine Abneigung gegen mitreißende Musik. Bist du überzeugt, dass schluchzende Gitarren, dass alle Omis ihre Taschentücher hervorholen, und wimmernde Geigen, dass das Bier der Gäste sauer wird, das Nonplusultra sind?"

Reginas Stimmumfang schafft nicht nur alle drei Oktaven des weiblichen Volumens vom Alt über den Mezzosopran zum Sopran; sie ist auch unwiderstehlich, wenn sie nicht singt. Nach ihrem Gespräch mit Ingo fand dieser sich am

Mobiltelefon wieder und zu dem wichtigsten Verantwortlichen des Wattfestivals durchfragen.

„Was hast du vor?" Heiner, Leadgitarre, Astrid, Rhythmusgitarre, Wolle, Bassgitarre und Sascha, Schlagzeug sahen ihre Chefin mit offenem Mund an. „Offenbar hab' ich's in letzter Zeit vermehrt mit Schwerhörigen zu tun." Regina seufzte. „Ich sagte, ich will meine softigen Schlager metallisieren. Ingo wird gleich eintreffen und euch die neuen Arrangements aushändigen."

„Dürfen wir den Grund erfahren?"

„Wir treten im Sommer beim Wattfestival auf."

Während die Band nunmehr in vollständiger Sprachlosigkeit verharrte, erschien wie angekündigt Ingo. „Ich nehme an, Regina hat euch bereits informiert", fiel er wie stets mit der Tür ins Haus, „und wir können gleich loslegen. Hier sind die Partituren."

Es stellte sich heraus, dass sich die Musiker schnell in ihre ungewöhnliche Rolle einfanden. Astrid war geradezu begeistert, endlich die braven Stücke, von denen sie bisher komfortabel gelebt hatte, aufgepeppt zu sehen, und auch die drei Jungs gewannen den Neuinterpretationen mehr und mehr ab.

„Willst du die Texte nicht ins Englische übertragen, Ingo?"

„Hatte ich überlegt, aber dann verworfen: Die Lieder dürften die meisten kennen und auch Heino sang bei seinem Auftritt deutsch."

„Vergleichst du Heino mit Regina?"

„In gewisser Weise schon. Beide entstammen einem völlig anderen Genre und sprangen über ihre Schatten."

„Ein bisschen International will ich bringen", schaltete sich Regina ein, „ich denke an eine Coverversion von *Child in Time* aus der LP *Deep Purple in Rock* von 1970. Die Genehmigung hat Ingo bereits beschafft. Beachtet bitte, dass der instrumentale Mittelteil ins scheinbar Chaotische abgleitet, aber alle Solisten zum Schlussrefrain perfekt wieder zusammenfinden."

„Glaubst du etwa, wir können das nicht?"

Regina lächelte in sich hinein. Sie weiß, wie sie den Ehrgeiz ihrer Leute anstachelt. Jetzt kam der schwierigste Teil. „Ingo, ich habe als Zugabe ein eigenes Stück getextet. Darf ich es dir vorstellen?"

Mit Mühe vermochten Musiker und Produzent ein Stöhnen zu unterdrücken. Regina ist ein Stimmwunder und ihre tänzerischen und akrobatischen Fähigkeiten gelten als göttlich, aber ihre dichterischen als eher unterirdisch. Ingo schnaubte. „Na schön, gib' her." Er las.

Die Geilste

1. Strophe	Ich weiß ich bin die Kleinste
	Die Kleinste bin ich nicht
	Dafür bin ich die Geilste
	Die Geilste als Gedicht.
Refrain	Ich weiß ich fantasier
	Bereits beim dritten Bier
	Blas mir doch endlich meinen Marsch
	Und hau mir feste auf den Arsch.
2. Strophe	Ich weiß ich bin die Beste
	Die Beste bin ich nicht
	Dafür bin ich die Geilste
	Als Geilste in der Gischt.
Refrain	…
	Bereits beim fünften Bier
	….
3. Strophe	Ich weiß ich bin die Feinste
	Die Feinste bin ich nicht
	Dafür bin ich die Geilste
	Als Geilste aufgemischt.

Refrain	…
	Bereits beim siebten Bier
	….
4. Strophe	Ich weiß ich bin die Größte
	Die Größte bin ich nicht
	Dafür bin ich die Geilste
	Die Geilste nur für dich.
Refrain	…
	Bereits beim zehnten Bier
	….

„Darf ich dazu etwas sagen, Regina?"

„Nein."

„Ich sag's trotzdem. Vor einiger Zeit erhielt Robert Zimmermann alias Bob Dylan den Literaturnobelpreis für seine Songtexte."

„Ich sagte, ich will's nicht wissen."

„Du erfährst es trotzdem. Nämlich, dass dir dieses grausame Schicksal mit diesem Mach…, äh, Kunstwerk ganz sicher nicht droht."

„Das ist doch egal. Es geht um den Schlussgag." „Und worin soll der bestehen?" „Kannst du dir das nicht denken?" „Nein." „Wie endet denn der Refrain?"

Ingo ließ das Blatt sinken. „Du willst doch nicht…?"

„Doch. Wir haben vier Strophen und vier Musiker. Am Ende jedes Refrains strecke ich meinen Po 'raus und jeder haut mir…, naja, wie es der Text beschreibt."

Eine Weile blieb Ingo sprachlos. Dann krächzte er eher hilflos: „Auch Astrid?"

„Sicher. Warum soll eine Frau nicht eine andere spanken?"

Ingos Kopf sank in seine Arme. „Ich weiß seit langem, dass es anstrengend mit dir würde." Die Worte krochen dumpf hervor. „Aber dass du geradewegs von der ganz

Braven zur voll Schrägen durchziehst, wär' nicht nötig gewesen. Nun ist klar, dass unsere Zusammenarbeit bald enden wird. Einfach deshalb, weil ich als sabbernder Irrer in eine Anstalt eingeliefert werde."

„Apropos sabbernd." Reginas Fröhlichkeit bildete einen gewollten Kontrast zu Ingos gespielter Verzweiflung. „Ich sehe die Jungs schon sabbern." „Auch das Mädel", meldete sich Astrid. „So?" „Meinst du, mir macht es keinen Spaß, meiner Chefin mal hochoffiziell einen hinten drauf knallen zu dürfen?"

„Wie soll denn die Melodie gehen?" Ingo hatte seinen Kopf wieder erhoben. „Keine Ahnung, denk' dir 'was aus. Du weißt doch: Jaulende Gitarren, dass die Gläser zerspringen, und hämmernde Bässe, dass die Hunde heulend davonlaufen; da kommt's aufs Detail nicht an."

„Meine Befürchtung, dass ich das jetzt 30 Jahre zu hören bekäme, hat sich durch meine baldige Einlieferung zum Glück erledigt", sinnierte Ingo. „Na schön, ich hab' eine Idee."

Reginas Mobiltelefon quäkte. „Ah, Jessica. Was ist?" „...." „Du hast ihn identifiziert, super. Was ist es für einer?" „...." „Ein alter Sack, sagst du? Eigentlich kein Wunder. Facebook ist mittlerweile zu einer Rentnerplattform degeneriert. Wie heißt er?" „...." „Wilfried, na schön. Also um die 70." „...." „Na bitte, so alt dann doch nicht. Schick' ihm eine Eintrittskarte für das Konzert und eine backstage-Genehmigung für nach unserem Auftritt. Danke.

Dieser Wilfried hatte die Idee zu dem, was wir hier angehen", erläuterte Regina den Bandmitgliedern, nachdem sie das Gespräch beendet hatte. „Er hat mir den Auftritt empfohlen. Mein Dank ist das, was ich gerade Jessica auftrug."

„Wieso alter Sack? Es handelt sich um heavy metal?!"

„Deswegen. Ich war einige Male inkognito im Watt und habe überrascht festgestellt, dass zwei Drittel der Besucher über 50 sind. Ich weiß natürlich nicht, wieviele von denen erst 40 waren und auf Grund ihres Lebenswandels wie 70 aussahen."

„Sind wir eigentlich headliner?"

„Das hat Ingo nicht durchsetzen können. Außerdem waren die bereits bestimmt: *Iron Maiden, Sabaton* und *Axel Rudi Pell*. Wir spielen am Freitag Nachmittag.

Jetzt aber ab zur Probe."

Ingo hatte sich schnell eine einfache Melodie aus den Fingern gesogen und Reginas Band das Arrangement schnell drauf. Dennoch bestanden die Gitarren auf einer elften Wiederholung von *Die Geilste*.

„Hört mal, das Stück ist total einfach. Meines Erachtens brauchen wir es überhaupt nicht mehr zu üben. Was sagst du, Wolle? – Okay, aber das elfte ist auch das letzte Mal. Immerhin hab' ich dann 44 Dinger drauf gekriegt und immer auf dieselbe Backe, weil ihr alle Rechtshänder seid."

Das Wichtigste bei dem bevorstehenden Auftritt bestand darin, ein Mikrofon so zu platzieren, dass das Auftreffen der Hände auf Reginas Kehrseite deutlich zu vernehmen war. Außerdem musste die Band unbedingt dafür sorgen, dass der Knall unmittelbar nach dem Wort ‚Arsch' erfolgte. Regina hatte überlegt, die einzelnen Bandmitglieder antreten zu lassen, aber da die Watt-Veranstalter hundertprozentigen Liveeinsatz fordern und die Musiker diesen nur unter eingeschränkten Bedingungen unterbrechen können, ging es nicht anders, als dass sie sich selbst neben jeden stellte. Beim Schlagzeug hatte sich der Einsatz als besonders schwierig zu koordinieren herausgestellt, aber Regina und Ingo hatten eine Lösung gefunden; auch eine für die für diese Variante zu verteilenden Mikrofone. Dennoch: Bis alles saß, musste einige weitere Male eifrig geprobt werden. Ob es jedes Mal unbedingt nötig war, dass die Musiker die Lautstärke ihres Handeinsatzes genauso eifrig übten wie die ihrer Instrumente, sei dahingestellt. Nicht, dass Regina ihr Plan auf Grund schmerzhafter Erfahrung mittlerweile leid tat; sie sehnte sich lediglich nach einem Linkshänder als Abwechslung.

Die Proben verlaufen in Alltagskleidung, vornehmlich Jeans und T-Shirt. Am heutigen Tag des Auftritts galt es endlich in metallmäßiges Outfit zu schlüpfen. Die männlichen Musiker betraf das nicht so stark, aber von den beiden Frauen erwartete das Publikum eine sexy Ausstattung. Was lag näher als knackenge, ultrakurze Latexröcke und durchsichtige T-Shirts für Astrid und Regina?

„Meine Scheißbeine regen mich auf", knurrte Regina.

„Ich finde nicht, dass du Scheißbeine hast", kommentierte Sascha.

„Naja, Form und Länge gehen, aber sie bleiben halt immer schneeweiß."

„Da sind schwarze Schnürsenkel um deine zentrale Verdickung doch ideal."

„Ach du! Ich beneide euch Männer. Wie sieht's bei dir aus, Astrid?"

„Geht. Mit deinen Beinen können meine nicht mithalten, aber immerhin ist alles schön braun. Da ist orange ein super Kontrast." Die Rhythmusgitarre muss immer aufpassen, dass sie die Sängerin nicht optisch aussticht. Manchmal wünscht sie sich in eine Band mit einem männlichen Leader.

„Es geht los. 'rauf auf die Bühne!"

Zunächst reagierten die Metaller skeptisch auf die als Hupfdohle verachtete Schlagersängerin. Aber je weiter der Auftritt fortschritt, desto mehr zündete er. Nach einer halben Stunde war alles außer Rand und Band. Regina zierte sich nicht, sich so nah an den Bühnenrand zu stellen, dass die, die sich bereits frühmorgens einen Platz ganz vorn erkämpft hatten, hindernisfrei die Innenseiten ihrer Schenkel und ihr schwarzes Höschen bewundern konnten. Regina war fair genug, ab und zu die Rhythmusgitarre neben sich zu winken, damit diese nicht nur kurzzeitig den instrumentalen Lead übernahm, sondern auch etwas von sich sehen zu lassen Gelegenheit erhielt. Astrid, deren durchsichtiges Oberteil kaum zur Geltung kam, weil es weitgehend von ihrem Instrument verdeckt wurde, war geschickt genug, ihr linkes Bein auf eine kleine Kiste zu stellen; vordergründig, um den Arm von der Gitarre zu entlasten, in Wirklichkeit jedoch, um Interessierten einen Vergleich zwischen schwarzer und orangefarbener Unterwäsche zu ermöglichen.

Die Vorschriften des Wattfestivals sind unerbittlich. Länger als eine Stunde aufzutreten ist lediglich den abendlichen headlinern erlaubt, da ihnen niemand mehr nachfolgt. Alle anderen – auch Regina und ihre Band – haben hingegen nach 60 Minuten abzutreten, damit die Bühne eine Stunde später dem nächsten act zur Verfügung steht. Neben den beiden Hauptschauplätzen gibt es mehrere weitere kleine, aber bis zu einem der großen hatte Ingo seinen Star zu hieven geschafft.

Der Plan sah vor, nach 55 Minuten aufzuhören, damit für das – hoffentlich – vom Publikum geforderte Sahnehäubchen noch drei – bei 3½ sagen die Veranstalter auch nichts – Minuten Zeit bleibt. Gott sei dank, die „Zugabe"-Rufe erfolgten. Schnell wandten sich Regina und ihre Musiker um, die sich dem Schein nach bereits auf den Weg hinter die Kulissen begeben hatten, bauten sich erneut auf und gaben ihr *Die Geilste* zum Besten. Regina war ins Zittern geraten. Wären die Rufe nicht erfolgt, wäre ihr ganzer Plan wirkungslos verpufft. Nun, da es ernst wurde, war sie wieder völlig Herrin der Lage.

Als Regina von Heiner den ersten lautstarken Klaps erhielt, verstummte die Menge beinahe, so verblüfft war sie. Als Wolle den zweiten Schlag platzierte, brandete ein Jubelgeschrei auf, das die wahrlich nicht schwache Anlage zu übertönen drohte. Saschas Auftritt ging etwas unter, aber als Astrid ganz nah am Bühnenrand ausholte, überschlugen sich die Zuschauer schier, indem sie wie eine Person „Arsch" mitschrieen. Gegen diesen akustischen Vulkanausbruch waren die Lärmschutzpfropfen nahezu nutzlos. Regina verpasste sich selbst einen ultimativen hinten drauf und strahlte dabei, wie es bei ihr selten jemand zuvor gesehen hatte. Als das Quintett den Schauplatz seines Triumphs verließ, hatte es die Latte für spektakuläre Folgeauftritte sehr hoch gehängt.

Backstage war es verhalten ruhiger. Der verbliebene Lärm ebbte weiter ab, als die benachbarte Bühne, auf der die nächste Band ihr Repertoire anstimmte, alle Aufmerksamkeit an sich zog. „Puh", sagte Regina, „es war viel anstrengender als ich gedacht hatte, aber ich glaube, wir haben uns hier einen Namen gemacht." „Das glaube ich auch."

Ein Security-Mitarbeiter platzte herein. „Da behauptet einer, zu dir zu dürfen, Regina", verkündete er, „beziehungsweise er hat sogar ein Schreiben dabei, von deinem Büro ausgestellt. Wie sieht's aus?"

„Den hätte ich fast vergessen. Heißt er zufällig Wilfried?" „Ich glaube ja." „Dann 'rein mit ihm."

Wilfried sah sich sehr schüchtern um. Reginas soziales Gen diktierte ihr, dem Mann zu helfen. „Hallo Wilfried, willkommen. Ich bin Regina, wie du sicher weißt, und hier sind meine Bandmitglieder Heiner, Wolle und Sascha. Das hier ist Astrid, meine Rhythmusgitarre."

Wilfried war sich nicht sicher, ob er allen die Hand geben sollte, tat es aber. „Guten Tag allerseits. Ich hoffe, ich störe Sie nicht."

„Wilfried, bitte!" ermahnte ihn Regina. „Ich hab' dich hierher eingeladen, weil ich diesen Auftritt deiner Facebook-Message verdanke. Übrigens scheinst du gar nicht so alt zu sein wie mir mitgeteilt wurde."

Das war Reginas rettende Idee gewesen. Wilfried lächelte und meinte: „Die 60 hab' ich schon überschritten. Aber jeder ist bekanntlich so alt wie er sich fühlt und ich fühle mich noch nicht als Alteisen." Die Stimme, das Gehabe....

Plötzlich war Regina überzeugt, ihren Fan zu kennen. Aber woher um alles in der Welt? Wilfried fuhr fort: „So etwas sehe ich zum ersten Mal. Besonders komfortabel kommt's mir nicht vor."

„Ist's auch nicht. Wir haben eine Dusche, eine Toilette und abschminken müssen wir uns hier. Ich hatte gedacht, du schaust uns dabei zu. Leider haben wir maximal eine halbe Stunde; dann müssen wir abhauen, weil die nächsten anrücken."

Während der Demaskierung lockerte sich die Stimmung und Wilfried brachte sich ein. „Weißt du eigentlich, was Königin Regina ist?" fragte er plötzlich.

„Sicher; eine Tautologie", erwiderte die Angesprochene zu seiner Überraschung wie aus der Pistole geschossen.

„Hör' mal, Regina", maulte Sascha, „wir wissen allmählich, dass du dein Abitur in Latein und Altgriechisch abgeschlossen hast; du brauchst uns das nicht ständig aufs Butterbrot zu schmieren."

„Entschuldige, Sascha, aber ich hab' damit angefangen", verteidigte Wilfried seine Angebetete.

„Lass' gut sein, Wilfried. Sie sind's ja, die mir das ständig aufs Butterbrot schmieren. Weißt du, im Musikgeschäft ist Bildung nicht überflüssig, sondern hinderlich. Deshalb liebe ich es, ab und zu daraus entrinnen zu können. Sag' mal, bist du Linkshänder?" Regina hatte beobachtet, wie Wilfried seine angebotene Kaffeetasse hielt. „Ja. Ist das schlimm?" „Nein, im Gegenteil."

Bevor Wilfried über diese Aussage nachzudenken Muße hatte, waren alle abmarschbereit. Regina überlegte kurz, entnahm dann ihrer Handtasche eine Visitenkarte und einen Kugelschreiber und kritzelte etwas auf die Rückseite der Karte. „Hier, Wilfried." „Oh, danke."

Als sich alle zerstreut hatten, hatte Wilfried endlich den Mut, den Text sorgfältig zu lesen. *Heute Abend um Acht im Foyer des Hotel Hochdonn am Watt. Ich hole Dich ab.*

Wenig hoffnungsvoll traf Wilfried erheblich zu früh am angegebenen Ort ein und setzte sich so, dass sich ihm ein möglichst großer Blickwinkel bot. Punkt Acht kam eine wenig auffällige Frau herein und nickte ihm zu. Zu seiner Überraschung erkannte Wilfried in der bescheidenen Person Regina. Er erhob sich und folgte ihr.

Regina schlängelte sich durch ein Labyrinth, bis sie vor einem Eingang stand, auf dem groß eine Eins prangte. Die Suite. Regina öffnete, schritt durch die Tür und hielt sie für Wilfried offen. Dann ließ sie sie sanft ins Schloss gleiten.

Regina lächelte. „Da wären wir." Wilfried lächelte zurück.

„Leider muss ich dich zunächst vergattern. Das hier bleibt unter uns, das musst du mir versprechen. Gibst du mir deine Zusicherung?"

Wilfried behielt sein Lächeln bei. „Wärst du nicht ultra-prominent, müsste ich dich um das gleiche bitten. Ahnst du warum?"

„Ich denke, du wirst es mir gleich sagen."

„Ich bin ordentlicher Professor für Geschichte und Geografie an der Hamburger Universität.

Nun sitzt hin und wieder eine Frau in meinen Vorlesungen, die einer bekannten Schlagersängerin ähnlich sieht. Sie ist keine Studentin, scheint aber Interesse an meinen Themen zu haben, denn sie platziert sich immer ziemlich weit vorn – so weit vorn, dass sie mir aufgefallen ist – und hört mir offensichtlich konzentriert zu. Bemerkenswert ist, dass ich sie nur sehe, wenn jene bekannte Schlagersängerin nicht auf Tournee ist."

Regina atmete tief ein und aus. Das also ist er! „Bist du gleich darauf gekommen, dass ich es tatsächlich bin?"

„Gleich nicht, denn irgendwie kam mir absurd vor, dass die Königin ausgerechnet an meinen Fächern Gefallen finden könnte. Erst als der Zusammenhang zwischen deinen Tourneen und deiner Anwesenheit im Hörsaal immer offensichtlicher wurde, wurde die Ahnung zur Gewissheit."

Regina lachte. „Gute Leistung. Weißt du, dass ich nirgend-
wo vor Paparazzis sicherer bin als in deinen Vorlesungen?
Jeder hält offenbar für absurd, dass eine strohdoofe Hupfdohle sich dort aufhält. Umso besser für mich.

Bist du eigentlich verheiratet?"

„Nein, auch nicht sonstwie liiert. An sich kann ich mich
ungeniert bei dir blicken lassen. Ich möchte aber nicht ins
Gerede kommen. Das hat nichts mit dir zu tun; ich schätze
allerdings, dass ich sofort als dein neuer Freund gehandelt
werde, sobald jene Paparazzis von diesem Abend Wind
kriegen.

Bist du denn liiert?"

„Nein, und das soll auch so bleiben. Ich möchte nach
keiner fremden Pfeife tanzen. Wie es im Augenblick läuft,
ist es am Besten für mich."

„Darf ich fragen...." „Ich werde dich dasselbe fragen,
verlass' dich drauf! Erlaube mir aber, zuerst eine Styling-
veränderung vorzunehmen."

Die Suite war von Ausmaßen, dass eine vierköpfige
Familie auf Dauer darin hätte wohnen können, ohne
irgendwelche Einschränkungen zu empfinden. Wilfried
war durchaus gehobene Unterkünfte gewohnt, aber die
hier überstieg doch seine übliche Erfahrung.

Regina kleidete sich im Schlafzimmer um. Sie legte wieder
das durchsichtige T-Shirt ihres heutigen Auftritts und einen
atemberaubenden Minirock an, aber nicht das Spankingding desselben Anlasses, sondern einen hübschen,
glockigen aus Jeansstoff. Auf eine Hose verzichtete sie.
Da kann er jederzeit drunter gucken oder greifen, wenn's
ihm Spaß macht, dachte Regina, bevor sie sich in das
Empfangszimmer zurück begab.

Sie stellte Wilfried vor eine grausame Wahl. Dessen
Augen irrlichterten verzweifelt zwischen oben und unten
hin und her. Die wunderbar festen Brüste hinter der Gaze
oben und die bloßen Schenkel unten. „Das Abendessen

ist gerichtet", verkündete Regina, „aber vorher eine Frage." „Ja?" „Gefallen dir meine Beine? Sei ehrlich!"

Da ihn Regina offen dazu aufgefordert hatte, sah Wilfried keinen Grund, auf deren eingehende Betrachtung zu verzichten. Was für wohlgeformte Schenkel und runde Kniee! „Drehst du dich bitte um?" Regina gehorchte. „Bitte leicht öffnen." Auch das tat sie widerspruchslos. Aus dieser Perspektive fiel das Ergebnis der Besichtigung noch besser aus. Kein X und kein O, sondern ein tadelloses A ohne Quersteg. „Aber…, aber so ein tolles Fahrgestell hab' ich noch nie gesehen. Wie um alles in der Welt kommst du auf deine Frage?"

Regina kehrte Wilfried wieder ihre Vorderansicht zu. „Sie bleiben halt immer weiß. Ich hasse sie."

„Soll ich dir 'was sagen? Euch Frauen kann niemand helfen. Ihr seid seid die schönsten Geschöpfe der Welt und haltet euch für die hässlichsten. Bezeichnenderweise ist's bei Männern umgekehrt."

„Die Aussage werde ich mir merken. Danke. Ich glaube, sie hilft mir.

Was sagst du eigentlich zu meiner Idee des öffentlichen Live-Spankings? Ich bilde mir ein, damit die Erste gewesen zu sein."

„Ich denke, da war dir Shakespeare mit ‚Der Widerspenstigen Zähmung' von 1593 voraus. Dramen und Lustspiele, in denen Zicken auf offener Szene übers Knie gelegt wurden, waren damals gang und gäbe."

„Stimmt, aber für ein Konzert war es eine Premiere, denke ich."

„Ich auch. Du wirst mit deiner Band nicht drumherum kommen, in Zukunft in jeder Dorfkneipe euren Popoklatsch-Song zu spielen – mit vollem Einsatz."

„Das denke ich auch. Wenn's mir zu bunt wird, soll Astrid ihren Arsch hinhalten. Der verlockt genauso zum Draufhauen wie meiner, auch wenn sie's immer abstreitet. Sie will mich nicht verärgern."

„Gute Idee. Weißt du übrigens, dass die ersten Schlagzeilen im Netz aufgetaucht sind, in denen von dir als ‚Spanking Queen Königin Regina‘ die Rede ist?"

Regina lachte. „Das ist eine Dreifach-Tautologie."

„Damit wären wir beim Thema des heutigen Nachmittags. Sag‘ mal, was ist denn das Thema des Abends?"

Regina wurde ernst. „Ein bisschen das. Zunächst sei dir gesagt, dass ich normalerweise während einer Auftrittperiode keine Kerle – entschuldige, Herr Professor! – in meine Räumlichkeiten lasse."

„Und zu Hause?"

„Naja, ich kann's mir leisten, bei einer absolut verschwiegenen Agentur drei Kraftprotze zu ordern, die mich solange und sooft durchnudeln dürfen, bis mir der Unterleib weh tut, das heißt mein Verlangen restlos gestillt ist. Anscheinend bin ich hart im Nehmen, denn auch die Typen sind hinterher völlig fertig." Regina kicherte. „Jedenfalls reicht mir das eine Weile."

„Was ist mit deinen drei männlichen Musikern?"

„Das fange ich gar nicht erst an. Ich bin die Chefin und da will ich eine gewisse Distanz wahren, auch wenn sie mich nicht mit ‚gnädige Frau‘ anreden müssen. Die sollen sich an Astrid austoben."

„Die Ärmste."

Regina gluckste förmlich. „Scheint mir nicht so. Sie genießt, dass sie jederzeit einer beglücken möchte, und steckt beliebig viele Abgänge am Stück weg. Da müsste sogar ich passen. Weißt du, wir Frauen gehen miteinander in diesen Dingen viel offener um als ihr Männer."

„Das befürchte ich schon lange. Bleibt die Frage: Warum deine Ausnahme bei mir?"

„Da gibt's drei Antworten. Einmal war ich neugierig, wer du bist. Ich hatte sofort geschnallt, dass ich dich kenne, und kam einfach nicht drauf. Den zweiten Ausschlag gab deine Bemerkung mit der Tautologie. Ich habe den Wunsch nach Gesprächen mit ein bisschen Tiefgang."

„Shakespeare, Relativitätstheorie oder Antike?"

„Keine Bange, jedes Thema lässt sich mit dir anders angehen als mit Zeitgenossen meiner üblichen Umgebung. Du sollst hier keinesfalls vertrocknen. Wenn dir meine Beine wirklich gefallen, werden sie auch für dich geöffnet, das sichere ich dir zu."

„Du machst mich heiß. Leider kann ich mit deinen drei Kraftprotzen nicht mithalten – was deine Unterleibsschmerzen betrifft, meine ich."

Regina lachte. „Das erwarte ich nicht. Heiß genügt mir. Leider gibt es vorher Arbeit für dich."

„Soll ich für den Kamin dahinten Holz hacken?"

Regina lachte jetzt lauthals. „Siehst du, das meine ich mit anders angehen. Nein, das bleibt dir im Sommer erspart. Handarbeit wird's aber werden; ich hoffe, angenehme.

Obwohl ich schon lange Sehnsucht verspüre, hab' ich die drei erwähnten Kraftprotze noch nie darum angegangen, mich zu spanken, das heißt mir den Hintern zu versohlen."

„Ganz so ahnungslos, wie du offenbar denkst, bin ich nicht. Ich weiß, was spanken bedeutet."

Regina lächelte hinreißend. „Umso besser. Zurück zu den Dreien. Ich werde sie auch in Zukunft nicht darum angehen, denn dann befürchte ich, dass ich die Kontrolle verliere.

Deshalb bist du mein Opfer."

„Scheint ein angenehmes Opfer zu werden. Übrigens: Was war dein dritter Grund für die Einladung? "

„Dass du Linkshänder bist." „Äh…?" „Hast du während der Zugabe darauf geachtet, wie sie ablief?" „Naja, jeder aus der Band gab dir einen hinten drauf und zum Schluss du dir selbst auch." „Auf welche Seite?" „Aah…." Wilfried dämmerte die Erklärung der Erklärung. „Ein bisschen unsymmetrisch, richtig?"

„Das Konzert war nur die Spitze des Eisbergs. Ich habe bei allen Proben zusammen sicher weit über hundert kassiert und immer auf dieselbe Backe."

„Das soll ich jetzt ausgleichen?!"

„Ja. Bevor wir richtig anfangen, bettelt mein linker Speckhügel um einen Vorschuss." Regina stellte sich so, dass sie Wilfried ihre rechte Seite zuwandte. „Bitte."

Er verstand. Selbst im Stehen wölbte sich Reginas verlängerte Rückseite ansehnlich unter ihrem weiten Rock. Probehalber legte Wilfried auf ihre ihm abgewandte linke Hälfte kräftig Hand an. Regina zuckte kaum wahrnehmbar. „Gut so?" „Sehr gut. Bitte noch ein paar, dann positioniere ich mich endgültig für den Spank. Keine Hemmungen, die Wände dieser Suite sind schalldicht."

Wilfried versetzte der so lange sträflich missachteten Rundung des Regina'schen Pos einige kräftige Schläge, bis er meinte, es sei genug.

„Ich erkläre dir jetzt, wie ich's haben möchte."

Nachdem Regina alle Kissen und Decken entfernt hatte, machte sie sich auf dem Bett lang, es sich auf dem Bauch bequem und streckte ihre Unterschenkel in die Höhe. „Kommen die Wölbungen gut 'raus?" „Super." „Dann setz' dich bitte neben mich und fang' an, mich zu bearbeiten. Ich stelle es mir wie Schinkenklopfen aus unseren Kindertagen vor. Du wirst zufrieden sein. Ich bin durchtrainiert und alles ist straff. Ich denke, das Ding da hinten wird richtig schön unter deiner Hand federn."

Einen kurzen Augenblick lang wurde sich Wilfried bewusst, dass ihn Regina mit einem Handkantenschlag oder Tritt mühelos außer Gefecht setzen würde, wenn sie das wollte. Sie war als Karate- und Kickboxenmeisterin bekannt. Wie hießen die Rangabzeichen bei diesen Selbstverteidigungssportarten? Schwarzer Gürtel?

„Am Besten ziehst du dich unten 'rum aus", schlug Regina vor, „ich könnte mir vorstellen, dass es nachher schnell gehen muss." Das sah Wilfried ohne Weiteres ein und folgte ihrer Anweisung.

Danach wurde sie konkret. „Bitte nur mit der flachen Hand und nur auf die Backen." „Auf den Rock?" „Zunächst bitte. Ich möchte sehen, ob sich mein alter, heimlicher Traum so erfüllt. Nach vielleicht 20 denke ich, dass du den Fummel hochschieben solltest. Ich werd' dann sehen, wie sich's anlässt."

Der Jeansstoff knallte erstaunlich gut. Falls sie Schmerzen empfand, waren sie Regina nicht anzumerken. Im Gegenteil, sie schien sich immer mehr zu begeistern. „Boah, klasse. Der kam richtig gut. Weiter so!"

Wilfried hatte nicht mitgezählt. Nach den ungefähr 20, die Regina angedacht hatte, sagte er: „Hebst du deine Po-region ein bisschen an?" Regina tat wie ihr geheißen und Wilfried schob ihren Rock in Richtung Hüfte. Zwei wunderschöne, leicht gerötete Halbkugeln strahlten ihm entgegen. „Achtung, jetzt wird's intensiver", warnte Wilfried. „Das soll's ja. Bitte keine Zurückhaltung. Ich glaube, es ist das, was ich mir gewünscht habe, seit ich ein kleines Mädchen war."

Wilfried strengte sich richtig an und die Aufschlagflächen wurden dunkelrot. Ihm war beinahe unheimlich, wie gelassen Regina die Streiche hinnahm. Außer dass sie bei einem Treffer kurz und heftig ausatmete, vermittelte sie den Eindruck, dass sie sich gemütlich sonnte. Immer noch war sie sich für kein Lob zu schade, wenn es einmal besonders ergiebig klatschte. „Gut gelungen. Du wirst immer besser." Reginas Prophezeiung hinsichtlich Federung erwies sich als wahr. Ihre Muskeln reagierten wie straff eingestellte Stoßdämpfer.

Schließlich war es Wilfried, der von sich aus aufhörte und etwas kläglich hervorbrachte: „Regina?" „Was ist? Tut dir die Hand weh?" „Auch. Aber das ist's nicht." „Was dann?"

„Ich kann's nicht mehr lange halten." „Dann sollten wir dagegen 'was tun."

Regina wirbelte auf den Rücken, zog ihren Rock auch vorn hoch und spreizte die Beine. Als sie den heißen Ständer in ihre Grotte eindringen und die kühle Samenflüssigkeit sich darin verteilen spürte, schloss sie ihre Augen und stöhnte lustvoll. Ihre glühende Kehrseite steuerte das Ihre dazu bei, die berühmte Schlagersängerin und künftige Rockröhre auf Wolke sieben schweben zu lassen.

●

Wieder zu Hause ließ sich Regina ihr Erlebnis im Hotel Hochdonn durch den Kopf gehen. Sie betrachtete es im Großen und Ganzen als zufriedenstellend, aber als zu improvisiert. Sie sah sich einige Filmchen an, in denen Frauen gespankt wurden, und stellte fest, dass alle oben herum bekleidet waren, meistens bis zur Hüfte, damit das Gesäß zur Behandlung frei blieb. Sexy fand sie auch durchsichtige Strümpfe, die bis zur Oberschenkelmitte gingen. Bei ihrer fast weißen Haut war es wohl besser, zu schwarzen zu greifen. Eine der gezeigten Szenen ähnelten ihrem Vorgehen mit Wilfried; allerdings hatte die Delinquentin ein dickes Kissen unter ihrem Becken platziert, damit dieses einen appetitlichen Hügel bildete, der sich dem Spanker einladend zum Handauflegen entgegenstreckte.

Sie baute ein Stativ auf, befestigte ihre Kamera darauf und stellte sie auf Zeitauslöser. Das Ergebnis gefiel ihr gut; am liebsten hätte sie geradewegs losgelegt, aber leider war ihr verwehrt, sich aufzuteilen. ‚Ich wünscht', ich wär' zwei Kätzchen, dann könnt' ich mit mir spielen', entsann sie sich eines Spontispruchs aus alten Zeiten. Sie drapierte sich wieder hin, stellte aber fest, dass sie beim Versuch, sich selbst zu schlagen, schier ihren Arm verrenkte. Immerhin hatten sich ihr beim Zuschauen der Anmachstreifen Haarbürste und Fliegenklatsche als akzeptable Alternativen aufgezeigt. Sie legte beides in Griffweite und versuchte, sich damit wehzutun. Das gelang ihr zwar, törnte sie aber überhaupt nicht an.

Hieße sie Lieschen Müller, wäre alles kein Problem. Ein Anruf bei einer Agentur und ein kräftiger Kerl würde ihr einen heißen Arsch verpassen, um sich danach wieder vom Acker zu machen. Aber bei einer weltberühmten Sängerin widerstünde wohl keiner der Versuchung, alles brühwarm einem sogenannten sozialen Medium auszuplaudern und damit zusätzliches Geld zu generieren.

Wilfried? Der wäre zwar kein Problem, was die sozialen Medien anging, aber vielleicht doch ein bisschen alt. Oft waren auch Frauen die Ausübenden, aber dann dürfte sich Regina im Anschluss selbst zwischen die Beine greifen, denn ohne Fick sollte es auch nicht laufen.

Und wenn sie inkognito auftreten würde? Sie ärgerte sich, dass sie nicht wie manche ihrer Kolleginnen in so schrillem Outfit auftrat, dass niemand wusste, wie sie eigentlich aussahen. Naja, ungeschminkt und ihre mittellangen Haare zu einem Pferdeschwanz geflochten, würde sie zumindest für Irritation sorgen.

Sie entschied sich, dass ihr das doch zu blöd war. Über das Internet bestellte sie eine Flagellantenzeitschrift und blätterte im Anzeigenteil herum. Hier! Für eine Spankingparty in einer nicht allzu weit entfernten Stadt wurden Delinquentinnen gesucht.

Mädels! Habt ihr eine ansehnliche Kehrseite und seid bereit, sie ein bisschen aufheizen zu lassen? Wir garantieren kultivierte, gepflegte Spanker frei jeglicher perverser Neigungen, tolles Ambiente, Speise und Trank vom Feinsten, geschützten GV und fürstliche Bezahlung. Dauer ungefähr drei Stunden. Meldet euch! Handynummer …

Regina überkam unwillkürlich ein Schmunzeln. Der Aufruf war unverblümt an gutgebaute Geschlechtsgenossinnen gerichtet, die dringend Geld brauchten. Eine Weile überlegte sie, dass sie, um glaubwürdig zu wirken, mindestens einen Riesen verlangen müsste. Eine weitere Weile rang sie mit sich, ob sie wirklich das Abenteuer wagen sollte, und entschied sich schließlich dafür. Sie griff zu einem Mobiltelefon, das sie nur selten benutzte und das kaum mit ihr in Verbindung gebracht werden würde, wählte die angegebene Nummer und sagte: „Mein Name ist Helene. Ich habe eure Anzeige gelesen …"

Bis zu dem Ereignis war es nicht mehr lange hin. Regina hatte kurz sinniert, ob sie versuchen sollte, sich irgendwie zu tarnen, war dann aber zu dem Schluss gekommen, dass das Auftauchen einer berühmten und millionenschweren Sängerin im vorliegenden Zusammenhang dermaßen absurd war, dass vielleicht der eine oder andere eine Ähnlichkeit feststellen, aber keiner ernsthaft glauben würde, dass es sich tatsächlich um SIE handelte.

Sie hatte sich in das Outfit geworfen, das sie als sexy und einladend taxiert hatte – durchsichtige schwarze Strümpfe bis zur Oberschenkelmitte und ein Top, das unterhalb ihres Busens endete. Dadurch blieb ihre Taille unbedeckt. Um kein öffentliches Ärgernis zu erregen, hatte sie ihre mittlere Partie mit einem hellbraunen Latexrock bedeckt, der bis kurz über die Knie reichte und dessen straffer Sitz ihre hinteren Wölbungen betonte. Regina, für heute Helene, gestand jedem Mann zu, Vergnügen dabei zu empfinden, ihr bereits in diesem Ornat einen richtig kräftigen … Auf einen Slip hatte sie verzichtet, denn sie glaubte nicht, dass sie einen brauchen würde.

Sie hieß ihren Chauffeur ums Eck halten, damit keiner sah, dass sie mit einer Nobellimousine angereist war, gab ihm die Anweisung, sie nach ihrem Anruf wieder an dieser Stelle zu erwarten, und wandte sich der angegebenen Adresse zu. Ihr wurde sofort aufgetan, nachdem sie geklingelt hatte. Ein gepflegter, gutaussehender Mann musterte sie von oben bis unten und begann zu strahlen. „Ich bin Helene", sagte Regina so schüchtern es ihr möglich war. Sie ist nicht besonders groß, was ihre martialischen Bühnenbilder professionell kaschieren, aber die hochhackigen Schuhe, auf denen sie zu ihrem hiesigen Auftritt balanciert war, sorgten dafür, dass sie dem Türhüter auf Augenhöhe gegenüberstand. Dieser hatte seine Musterung mittlerweile beendet und lud sie mit einer grandiosen Handbewegung zum Eintreten ein. „Ich sehe, du weißt, was Männer wünschen", sagte er mit leicht zitternder Stimme. Na, dich habe ich am Wickel, dachte die Sängerin. Als angesagter Lohn war wie vermutet ein Tausender ausgemacht, wofür eine Kassiererin oder Lageristin normalerweise zwei Wochen arbeiten muss.

„Wann kriege ich das Geld?" fragte Regina, obwohl ihr das völlig egal war.

„Am Ausgang. Du kannst dich darauf verlassen; unser Klub hat einen sehr guten Ruf. Unsere Spanker sind darüber hinaus spendabel und geben großzügige Trinkgelder." Das stimmte, denn Regina hatte im Vorfeld recherchiert.

„Na gut." Regina wurde in den Speisesaal geführt, in dem alle zunächst bewirtet wurden. Ungefähr zwanzig Männer waren da, denen ihre geilen Gedanken nicht anzumerken waren, und außer ihr neun Frauen, denen anzusehen war, dass sie nicht aus besten Verhältnissen stammten. Alle hatten sich so aufreizend angezogen, wie es ihre Kleiderschränke hergaben, das heißt high heels, enge T-Shirts und Miniröcke, aber mit Reginas gekonnter Präsentation vermochten sie nicht ansatzweise mitzuhalten. Erschrocken fragte sie sich, ob sie es nicht übertrieben hatte. Wenigstens ging das Zahlenverhältnis auf – zwei Männer auf eine Frau.

Nach einem Gläschen Sekt und Lachs und Kaviar in beliebiger Menge trat der, der die Damen an der Tür empfangen hatte, auf, stellte sich in Positur und hielt eine wohlgesetzte Rede.

„Liebe Damen, liebe Klubmitglieder. Ich begrüße euch zu unserer halbjährig steigenden Spankingparty und hoffe, dass ihr daran so viel Spaß habt wie es bisher immer der Fall war. Zunächst geht's an Anwärmen. Im Nebenzimmer warten zwei Betten, auf die sich eine Dame legt. Ihr habt euch ja einander vorgestellt, sodass ich vorschlage, dass das in alphabetischer Reihenfolge geschieht. Ich bitte die Delinquentinnen, sich unten herum frei zu machen, denn wir wollen eure Backen wackeln sehen. Alles klar?"

Regina war dank ihres Aliasnamens Helene als Vierte in der zweiten Runde fällig. Das Arrangement war genauso, wie sie es sich in ihrer Fantasie vorgestellt hatte. Die Männer stellten sich wie im Kindergarten in einer Reihe auf und defilierten erst am einen, dann am anderen Bett vorbei und verpassten jedem der in die Luft gereckten Hinterteile je einen kräftigen Klaps. Regina registrierte minutiös, wer Rechts- und wer Linkshänder war und vor allem, von welchem sie sich zum krönenden Abschluss am liebsten … ließe. Ob eine ihrer Kolleginnen ebenfalls hier war, um sich einen verpönten Spaß zu gönnen? Nein, sicher nicht! Die brauchten alle das Geld dringend. Das ging ihr durch den Kopf, während sie die Schläge ungerührt einsteckte. Noch war ja Anwärmphase.

Dann ging es zu den Einzelabreibungen. In der Villa standen genügend Räume zur Verfügung, um für jede Dame einen vorzuhalten. Regina stellte zu ihrer Überraschung – oder auch nicht – fest, dass die beiden Klubvorsitzenden Reinhard und Angus sich ihrer angenommen hatten. Zunächst war Reinhard, der Präsident, an der Reihe. „Wie möchtest du's haben, Helene?" fragte er.

„Darf ich denn wählen?" antwortete Regina und versuchte, ihre Frage naiv klingen zu lassen. Ein großes Risiko bestand nicht, denn bereits im ersten Telefongespräch, das sie, wie sie jetzt wusste, mit Reinhard geführt hatte, hatte dieser klargestellt, dass in ihrem Klub ausschließlich flache Hand, Fliegenklatsche oder Haarbürste zugelassen waren.

Sie einigten sich auf das Sekretärinnenspiel. Ein Schreibtisch befand sich zwar nicht in Griffweite, aber ein Sideboard ersetzte ihn ausreichend. Auf ihm lag ein vorgefertigtes Schriftstück, das einige Fehler enthielt. Helene hatte schludrig gearbeitet, musste sich deshalb über das Möbel bücken und den Brief laut vorlesen, während ihr zur Strafe der Hintern versohlt wurde. Das ist zwar ein Arrangement aus dem vergangenen Jahrhundert, bleibt aber als Quelle des Vergnügens zeitlos beliebt.

Regina las stockender, als ihr möglich gewesen wäre, um ihren ‚Chef' nicht zu enttäuschen, und erhob sich schnaufend, als die Prozedur beendet war. „Danke", sagte sie brav und fragte: „Wie geht's weiter?"

„Du bist vielleicht gierig." Reinhard sah sie prüfend an. Regina stellte sich vor den bis zur Decke reichenden Spiegel, begutachtete ihre Schinken und rieb sie zärtlich. „Schön rosa", urteilte sie, „Angus findet eine gute Basis vor."

„Man meint fast, dass dir das Spaß bereitet?!"

„Naja, wenn ich total dagegen wäre, hätte ich mich kaum gemeldet." Na, du glaubst gar nicht, was Frauen in Geldnot so alles mit sich machen lassen, dachte Reinhard. Laut sagte er: „Na gut. Zweite Runde. Wie fändest du es, wenn du Schulden hättest, die aber nicht in Geld zusammenbringst und dafür pro zehn Euro einen abgezählt erhältst?"

„In Ordnung. Wie viele Schulden habe ich?"

„200 Euro, also 20 Schläge, die du bitte mitzählst und dazu sagst: ‚Eins und so weiter; danke, ich verdiene die Prügel."

„Okay."

„Ist Haarbürste auch okay?"

Bei Angus kam die Fliegenklatsche zum Einsatz. Er jagte Regina ums Bett und verpasste ihr jedes Mal einen, wenn er ihr nahe genug kam, was allerdings die wesentlich sportlichere Frau zu steuern in der Lage war. Nachdem die 20 durch waren, legte Angus Regina klassisch übers Knie und streichelte mit seiner linken Hand sachte den entblößten Teil ihres Rückens, während seine rechte ausgiebig ihren Po verdrosch. „Geil, wie elastisch der federt", murmelte er dabei voll des Lobes wiederholt vor sich hin. Regina gab einen auf- und abschwellenden „uiuiuiuiu…"-Laut von sich, mit dem sie ihren zwischen Pein und Verzückung oszillierenden Empfindungen Ausdruck zu geben trachtete. Dazu rang sie ihrem Mund Erschrecken, Kichern und Pfeifen in wohldosierter Abwechslung ab, um Angus hochzufahren.

Plötzlich sagte dieser: „So, Schluss, auf zum Showdown" und gab Reginas Körper frei. Hinten brannte und vorn juckte es herrlich, als sie zum Abschluss der Spankingparty Reinhards und Angus' kräftige Stöße einfuhr. Natürlich wurde sie von hinten genommen, sonst wäre ja die anstrengende Handarbeit der beiden Herren vergebens gewesen. Im Klub herrschte Kondompflicht, sodass sich keine der bestellten Damen um Verhütung zu sorgen brauchte. Reinhard platzte heraus, dass sie, Helene, dank ihrer Nehmerqualitäten und Selbstbeherrschung eine perfekte Delinquentin abgäbe. „Wir würden dich gern abonnieren", eröffnete er ihr, „und es läge auch deutlich mehr Geld drin."

„Mal sehen", erwiderte Regina diplomatisch und knallte sich selbst provozierend einen auf ihren knackengen Latexrock, in den sie sich inzwischen wieder gewandet hatte.

Vor Partyende trafen sich alle zum Kaffeeklatsch – nunmehr ohne KLATSCH – und Regina registrierte belustigt, dass die meisten Frauen Mühe mit dem Sitzen hatten. Am Ausgang erhielt sie wie alle anderen ihre zehn Hunnis in die Hand gedrückt und eilte zum vereinbarten Treffpunkt. Dort holte sie ihr Mobiltelefon aus der Handtasche und orderte ihren Chauffeur zu sich, der nicht allzu weit entfernt geparkt hatte. Dass der Verlauf der Party seine Chefin sehr zufriedengestellt hatte, war auch für diesen offensichtlich.

Nachdem die anderen Klubmitglieder gegangen waren, sah Angus Reinhard an. „Sag' mal …"

„Ja?"

„Sieht diese Helene nicht der Rockröhre Regina frappant ähnlich?"

„Das ist mir auch aufgefallen."

„Ob die als deren Double nicht deutlich mehr abkassieren könnte als in unserem subalternen Klub?"

Reinhard grinste wissend in sich hinein. „Wahrscheinlich."